# Heinrich Handelmann

# Die amtlichen Ausgrabungen auf Sylt, 1870, 1871 und 1872

Antigonos

Heinrich Handelmann

# Die amtlichen Ausgrabungen auf Sylt, 1870, 1871 und 1872

Unveränderter Nachdruck der Originalausgabe von 1873.

1. Auflage 2024  |  ISBN: 978-3-38643-591-8

Antigonos Verlag ist ein Imprint der Outlook Verlagsgesellschaft mbH.

Verlag: Outlook Verlag GmbH, Zeilweg 44, 60439 Frankfurt, Deutschland
Vertretungsberechtigt: E. Roepke, Zeilweg 44, 60439 Frankfurt, Deutschland
Druck: Libri Plureos GmbH, Friedensallee 273, 22763 Hamburg, Deutschland

# Ausgrabungen auf Sylt.

## 1870, 1871 und 1872.

# Die amtlichen

# Ausgrabungen auf Sylt.

## 1870, 1871 und 1872.

Von

## Heinrich Handelmann,

Königl. Conservator der vaterländischen Alterthümer in Schleswig-Holstein.

Mit zwei Steindrucktafeln und drei Holzschnitten.

Kiel,
Schwers'sche Buchhandlung.
1873.

# Vorwort.

Unterm 24. Juni 1869 machte das Königliche Oberpräsidium für Schleswig-Holstein mir die amtliche Mittheilung dass auf Anordnung des Königlichen Ministeriums für die geistlichen, Unterrichts- und Medicinal-Angelegenheiten mit der allmählichen Oeffnung der in hiesiger Provinz befindlichen, bisher noch uneröffneten Hünengräber vorgegangen, und dass die dazu erforderlichen Mittel aus dem Fond für Kunst und Wissenschaft zur Disposition gestellt werden sollen. Ich erhielt den Auftrag, einen Plan dafür aufzustellen und zur Genehmigung einzureichen.

In meiner berichtlichen Eingabe vom 24. Juli habe ich mich über die in Betracht kommenden allgemeinen Gesichtspunkte sowie über die meines Erachtens nothwendigen Maassregeln ausführlich ausgesprochen. Zugleich hielt ich mich bei dieser Gelegenheit verpflichtet, die Aufmerksamkeit der Königlichen Staatsregierung auf diejenigen Grabhügel und sonstigen Denkmäler hinzulenken, deren Conservirung bereits durch die früheren Landesregierungen angeordnet ist. Indem ich ein nach den Landrathskreisen geordnetes Verzeichniss aufstellte, konnte ich für die Vollständigkeit desselben keine Gewähr übernehmen, da mir ausser der bekannten, auf Antrag der Kopenhagener archäologischen Commission erlassenen Verfügung von 5. Febr. 1811 ein officielles Material nicht zu Gebote stand. Auch über die gegenwärtige Beschaffenheit der gedachten Alterthumsdenkmäler lagen keine Nachrichten vor, und ich beantragte deshalb eine demnächstige amtliche Besichtigung. Ausserdem stellte ich den Antrag, dass die Forstbeamten und andere Beamte der Staatsdomäne ange-

wiesen würden, über die in ihren Amtsbezirken vorhandenen
resp. eröffneten und unversehrten Grabhügel s. w. d. a. bald-
thunlichst Verzeichnisse einzuliefern und jedenfalls keine Eröffnung oder Abtragung von solchen vorzunehmen, bevor sie
sich nicht mit dem Conservator in Verbindung gesetzt haben.

In einer zweiten berichtlichen Eingabe vom 27. August
1869 habe ich dem Königlichen Oberpräsidium meine de-
taillirten Vorschläge unterbreitet betreffend Grabhügel und
sonstige Alterthumsdenkmäler auf den Inseln Sylt, Amrum
und Föhr, welche bei den Ausgrabungen in erster Reihe Be-
rücksichtigung verdienen.

Nachdem S. Excellenz der Herr Minister der geistlichen, Unterrichts- und Medicinal - Angelegenheiten meine
Vorschläge approbirt hatte, wurden durch die Königliche
Regierung zu Schleswig unterm 10. Juni 1870 von den Land-
rathsämtern etc. Berichte darüber erfordert, was in Folge der
Verfügung von 1811 bezüglich der dort verzeichneten, event.
sonst vorhandenen Denkmäler bisher geschehen sei, und in
welchem Zustande sich dieselben zur Zeit befänden.

Aus den eingezogenen Berichten*) hat sich leider ergeben, dass die gedachte Verfügung so gut wie ganz wirkungs-
los geblieben ist. Wie es scheint, ist dieselbe den Lokalbe-
hörden gar nicht ordnungsmässig mitgetheilt, da sich in den
Archiven der betr. Amthäuser, Kirchen und adeligen Güter
keinerlei Akten über eine Verpflichtung zur Conservirung
vorgefunden haben. Noch weniger ist damals, soweit jene
Denkmäler Privateigenthum waren, ein Abkommen mit den
betr. Grundbesitzern geschlossen.

In Folge davon sind die meisten der dort aufgeführten
heidnischen Alterthumsdenkmäler inzwischen entweder ganz
verschwunden, oder sie befinden sich in einem solchen Zustande der Verwüstung, dass sie für die Archäologie kein
eigentliches Interesse mehr haben. Nicht viel besser ist es

---

*) Vgl. die Zusammenstellung in der Zeitschrift der Gesellschaft für die Geschichte
von Schleswig-Holstein und Lauenburg Bd. II. S. 89—105 (Verzeichniss der durch die
Verfügung vom 5. Februar 1811 und sonst sichergestellten Alterthumsdenkmäler s. w. d. a. in Schleswig - Holstein, und deren amtlicher Befund im
Jahre 1870.)

den kirchlichen Alterthümern ergangen, welche in derselben Verordnung genannt werden.

In letzterer Hinsicht habe ich bei dem Königlichen Oberpräsidium Anträge gestellt, welche eine sorgfältige Inventarisirung und künftige strenge Ueberwachung der noch in, an und bei den Kirchen vorhandenen Kunst- und Alterthumsgegenstände bezwecken. Darauf hat die Königliche Regierung unterm 11. April 1871 sämmtliche Kirchenvisitatorien hiesiger Provinz beauftragt, die Prediger und Kirchenvorstände zur Aufstellung von Verzeichnissen anzuweisen, welche nicht allein die noch zum kirchlichen Gebrauch und Schmuck dienenden, sondern auch die zurückgestellten Stücke und Ueberreste umfassen sollen. Gleichzeitig wurden die Kreisbaubeamten beauftragt, in ihren Distrikten eine Revision der bezüglichen Verzeichnisse vorzunehmen, auch über wünschenswerthe Restauration oder bessere Aufbewahrung etwaiger besonders bemerkenswerther Stücke Vorschläge zu machen. Schon vorher, unterm 28. Februar 1871, waren die sämmtlichen Kreisbaubeamten hiesiger Provinz angewiesen worden, von den etwaigen für die Alterthumswissenschaft interessanten Funden, die bei Ausführung der von ihnen geleiteten Arbeiten vorkommen möchten, dem Conservator unverzüglich Anzeige zu erstatten.

Was die heidnischen Alterthumsdenkmäler anbetrifft, so kommen von den in der Verfügung von 1811 aufgeführten nur noch wenige in Betracht, und auch bei den später sichergestellten sind einzelne Verlüste zu beklagen. Andererseits ergeben die Berichte der Forstbeamten, dass innerhalb der Königlichen Gehege, namentlich in Nord- und Mittelschleswig, noch eine grosse Zahl von theils unversehrten, theils eröffneten Grabhügeln s. w. d. a. vorhanden ist. Ich werde mit der Besichtigung derselben gelegentlich meiner archäologischen Reisen in hiesiger Provinz vorgehen und allmählich Beschreibungen der hervorragendsten veröffentlichen. Ein erstes Heft unter dem Titel: **Vorgeschichtliche Steindenkmäler in Schleswig - Holstein.** Mit fünf lithographirten Tafeln. (Kiel, in Commission von G. v. Maack's Verlag, 1872. 4.) ist als XXXII. Bericht der Schleswig - Holstein-

Lauenburgischen Gesellschaft für die Sammlung und Erhaltung vaterländischer Alterthümer erschienen, und ein zweites Heft wird in nächster Zeit folgen.

Nachstehend ist das **Protokoll über die Ausgrabungen auf der Insel Sylt,** welche ich im amtlichen Auftrage während der Jahre 1870, 1871 und 1872 vorgenommen habe, abgedruckt. Die Berichte über einige neuerliche Ausgrabungen auf Föhr*) mögen hier einen Platz finden.

# Ausgrabungen auf der Insel Föhr.

### 33. Drei Eisengräber bei Goting.

Im August des Jahres 1869**) liess Herr Dr. juris Hermann May aus Hamburg drei nahe bei einander liegende Grabhügel beim Dorfe Goting öffnen, welche fast halbkugelförmig und 1,7 Meter hoch waren und circa 3,4 Meter im Durchmesser hielten. In jedem Hügel fand man unter dem Niveau des äusseren gewachsenen Bodens je eine grosse

---

*) Ueber frühere Ausgrabungen auf Föhr vgl. Antiquarisk Tidsskrift 1843—1845, S. 13 und 1846—1848, S. 202; Mémoires de la Société Royale des Antiquaires du Nord 1845—1849, S. 14—17 und Worsaae: „Nordiske Oldsager" Nr. 499; Bericht XXVIII. der Schleswig-Holstein-Lauenburgischen Alterthums-Gesellschaft S. 18—19.

Bei Heddehusum wurde um das Jahr 1864 ein mächtiger Steinbau in einem grossen Hügel entdeckt. Der Besitzer, der denselben hatte abtragen lassen, beschrieb dem Mitvorsteher der Schl.-H.-Lauenb. Alterthums-Gesellschaft Chr. Johansen mündlich die gewaltige Kammer und behauptete mit vieler Bestimmtheit, auf der inneren flachen Seite der sehr grossen Wandsteine wären von Menschenhand herrührende Vertiefungen, „allerlei wunderliche Figuren," wie der Mann sich ausdrückte, zu sehen gewesen. Diese Steine sind leider sämmtlich zerspalten und für bauliche Zwecke verwendet worden. (Aus einem Privatbriefe des inzwischen verstorbenen Chr. J.) Es ist bei dieser Gelegenheit daran zu erinnern, dass früher oftmals Diluvialschrammen für Runen oder für anderweitige Gebilde von Menschenhand angesehen wurden; vgl. den XIII. Bericht der Schl.-H.-Lauenb. Alterthums-Gesellschaft S. 33—34. Doch sind auch wirklich eingegrabene oder eingehauene Figuren in Steingräbern nachgewiesen; vgl. Aarböger for Nordisk Oldkyndighed og Historie 1870, S. 182—183 und Correspondenzblatt der deutschen Gesellschaft für Anthropologie, Ethnologie und Urgeschichte Jahrgang 1871, S. 7.

Ueber die Ringwälle oder Bauernburgen bei Uettersum und Borgsum vgl. Zeitschrift der Gesellschaft für die Geschichte von Schleswig-Holstein und Lauenburg Bd. III. S. 59 ff. und 430.

**) Zufällig wurde ich selbst Augenzeuge der einen Ausgrabung, 3. August 1869, als ich, auf der Rückkehr von Amrum nach Wyk, bei Goting vorbeikam. Auch im August 1871 haben wieder Hamburger Badegäste einige Kegelgräber auf Föhr geöffnet; angeblich ohne jede Ausbeute. Während der beiden letzten Jahrzehnte dürften deren im Ganzen leicht mehr als funfzig abgetragen sein.

Urne, die auf ihrer Sohle stand und mit verbrannten Knochen, Beigaben, Schlackenresten, Holzkohlen und Erde gefüllt war. Die Urnen sind rothbraun, von gewöhnlicher roher Form und Arbeit, ohne jedes Ornament. Die Knochenreste gehören meist kleineren Thieren an. Als Beigaben dienten vorzugsweise Eisensachen, die mehr oder weniger zusammengeschmolzen und stark verrostet waren.

Die erste zerbrochene Urne enthielt eine Harpune und ein Messer von Eisen, ein Bruchstück eines bronzenen Armrings, Bronze- und Eisenreste nebst einem Wetzstein zum Schleifen.

Die zweite Urne, hoch 29 Cm., Durchmesser oben 24 Cm., unten 10 Cm., grösster Umfang 88 Cm., war besonders reich an Beigaben. Ausser einer Anzahl eiserner zum Theil zusammengeschmolzener Pfeil-, Lanzen- und Harpunenspitzen fand man darin ein eisernes Messer von sehr eigenthümlicher Form,*) zusammengeschmolzene Bruchstücke einer eisernen Fibula, ein eisernes Beschlagstück für Riemenwerk zusammengeschmolzen mit Bruchstücken einer zweiten Eisen-Fibula, und einen eisernen Nagel.

Die dritte Urne, hoch 24 Cm., Durchmesser oben 22 Cm., unten 10 Cm., grösster Umfang 87 Cm., enthielt ein eisernes Messer mit aufgeschmolzenen Bronze-Ringen, einen eisernen Nagel und Bronzereste.

Herr Dr. May hat die sämmtlichen Fundsachen gütigst dem Kieler Museum vaterländischer Alterthümer als Geschenk überwiesen.

---

*) Herr Dr. F. Wibel, welcher diesen Fund zuerst untersucht und bekannt gemacht hat, schreibt darüber im Correspondenzblatt der deutschen anthropologischen Gesellschaft No. 3 (März 1871), S. 23: „Aus einer der zusammengefritteten Massen schälte ich ein zwar stark verrostetes, aber sonst sehr wohl erhaltenes Messer heraus, dessen wunderliche Gestalt aus beifolgender Skizze erhellt. Die untere Schneide *a b* ist ziemlich scharf, der

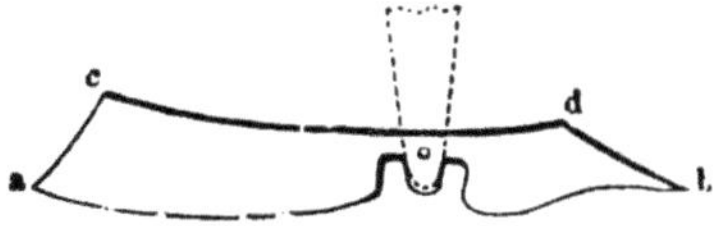


obere Rücken *c d* von gewöhnlicher Dicke, ein Ansatz zu einem Griffe nicht wahrzunehmen. Dagegen sind die beiden Kerben mit dem Zapfen sehr merkwürdig, und das Nietloch in letzterem scheint die Vermuthung zu unterstützen, dass hier der Griff befestigt gewesen sei, etwa in der Art der punktirten Linie. Möglich, dass jene Kerben nur zur weiteren Befestigung des Griffes mittelst Schnüren dienten, und dass das Instrument selbst zum Häuten der Thiere benutzt wurde. Anderenfalls könnte man in demselben auch ein Streichmesser für die Thonwaarenfabrikation erblicken, wobei die Kerben das Formen der Ränder bezweckten.“

## 34. Der grosse Berg bei Goting.

Südlich vom Dorfe Goting liegt ein circa 6 Meter hoher Grabhügel, angeblich der grösste auf der ganzen Insel, auf welchem im
Kriegsjahr 1864 der damalige dänische Befehlshaber Capitän Hammer
eine hohe Signalstange hatte errichten lassen. Derselbe wird der grosse
Berg genannt, im Gegensatz zu einem benachbarten kleineren halbab-
gestochenen Hügel. *)

In diesem Sommer, während des Badeaufenthalts der kronprinz-
lichen Kinder in Wyk, veranstaltete Herr Generalmajor v. Gottberg
eine Ausgrabung an der Südseite des grossen Berges. Nicht weit vom
Rande stiess man dabei auf einen Steinhaufen, der jedoch keinen Hohlraum, resp. keine Grabstätte enthielt. Sonst wurden nur einige Scherben
von einer Urne gefunden.

Auf die desfälligen mir durch den Herrn Landvogt Forchhammer
übermittelten Wünsche des Herrn Generalmajors v. Gottberg und des
Herrn Regierungspräsidenten Bitter, übernahm ich die weitere Untersuchung des grossen Berges (4.—7. August 1872), und dabei musste
die obgedachte Signalstange beseitigt werden. Es fanden sich unweit
der Hügelspitze und ziemlich dicht unter dem Haidewuchs eine Anzahl
von eisernen Doppelnieten nebst verkohlten Ueberresten von hölzernen
Bohlen. Wozu dieselben gedient haben mögen, lässt sich nicht mehr
bestimmen. Ausserdem wurden am südlichen Abhange allmählich drei
kleine Begräbnisse mit verbrannten Gebeinen, kaum $1/2$ Meter unter der
Oberfläche, blossgelegt. An der einen Stelle waren die Gebeine ohne
weitere Umstände eingegraben und nur mit einer festeren (lehmigen)
Erdschicht und Handsteinen umgeben. Die beiden anderen Todten
waren in bräunlichen krugförmigen Urnen beigesetzt, von denen nur
die eine ziemlich unbeschädigt zu Tage kam. Dieselbe ist 25 Cm. hoch,
hat oben 13, unten 11 Cm. im Durchmesser und in der Mitte einen
Umfang von 85 Cm. Oberhalb der grössten Ausbauchung laufen drei-
mal je zwei parallele Linien in Abständen von 1 Cm.; dann folgt ein
$2^1/2$ Cm. breiter Zwischenraum, innerhalb dessen drei blinde Oehre
ringsum vertheilt sind, und dann nochmals eine Doppellinie. Die zweite

---

*) In letzterem hat nach Aussage des Einwohners Jens Braren zu Goting der da-
malige Kronprinz und nachherige König Friedrich VII. von Dänemark im Sommer des
Jahres 1843 Nachgrabungen angestellt, wobei ein bronzenes Schwert (oder Dolch) zu
Tage kam.

zerbrochene Urne war ohne jede Verzierung, und darin lag ausser den Gebeinen eine kleine eiserne Wollscheere, welche am Griff beschädigt ist, lang circa 12 Cm. Die beiden anderen Begräbnisse hatten keine Beigaben aufzuweisen.

Das Hauptgrab, das auf dem Urboden, nicht gerade senkrecht unter der Hügelspitze, sondern etwas weiter nach Südwesten lag, erwies sich leider als schon früher ausgeleert. Es war ein Steinbau von der ungefähren Gestalt eines Backofens, und innerhalb desselben eine rundliche Vertiefung, die als Grabkammer gedient hatte, jetzt aber mit Erde gefüllt war. Von den beiden flachen Decksteinen war der eine auf die schmale Kante gestellt, der andere zur Seite geschoben. Obwohl ich die Steine ringsum zum Theil bis auf den Urboden losbrechen liess, wurde nicht das geringste gefunden.

Rücksichtlich der tiefen Aushöhlung, welche der grosse Berg auf seinem westlichen Abhange zeigt, ist nichts überliefert; aber es ist nicht anzunehmen, dass dieselbe mit der früheren Beraubung des Hauptgrabes in irgendwelchem Zusammenhange steht.

# Allgemeine Bemerkungen.

Beim Rückblick auf die bisherigen Ausgrabungen habe ich vor Allem den Königlichen und Communalbehörden sowie den sämmtlichen Einwohnern der Insel Sylt, welche mir bei meinen Untersuchungen das bereitwilligste Entgegenkommen bewiesen haben, meinen herzlichsten Dank zu sagen.

Ich bemerke ausdrücklich, dass ich von vorn herein die Verpflichtung übernahm, alle Hügel nach beendigter Ausgrabung in wohlabgerundeter Gestalt wieder herstellen zu lassen, und im Laufe der Zeiten wird die braune Haide sie abermals mit ihrem Mantel zudecken. In der That muss die Conservirung der Grabhügel, die in der baumleeren Geest und Haidelandschaft dem Auge des Wanderers fast die einzige Abwechselung darbieten, schon im malerischen Interesse als höchst wünschenswerth erscheinen. Auch dem flüchtigsten Besucher Sylts werden wenigstens die lange Reihe der Thinghooger und die Gruppen ringsum den Kampener Leuchtthurm in lebhafter Erinnerung bleiben.

Nur zwei von den untersuchten Grabstätten habe ich ausnahmsweise offen stehen lassen: das Steingrab mit einem mächtigen Deckstein im zweiten Kolkhoog (Nr. 5), eben südlich von Braderup, und die sargförmige Steinkiste im mittleren Krockhoog (Nr. 15), nordwestlich von Kampen. Beide Denkmäler reihen sich dem Gangbau des Denghoog bei Wenningstedt an, welcher im Jahre 1868 von Herrn Dr. F. Wibel eröffnet ist, und dessen archäologische Ausbeute, ebenso wie die bei meinen Ausgrabungen erhobenen Fundgegenstände, in dem Museum vaterländischer Alterthümer zu Kiel aufbewahrt wird.

---

Während der gedachte Denghoog dem Steinalter angehört, ist unter den von mir untersuchten Hügeln keiner, den ich mit voller Sicherheit so weit zurückführen könnte. Desto besser sind die Anfänge des Bronzealters vertreten, wo man die (unverbrannten) Leichen in sargförmigen Steinkisten beisetzte, welche circa 2 bis 2½ Meter lang und am westlichen Kopfende etwas breiter sind als am östlichen Fussende. Als Grabgeschenke liegen vereinzelte Flintsteinsachen, bronzene Schwerter und Dolche mit hölzernen Scheiden, bronzene Meissel und Messer, Schmucksachen von Bronze und Gold bei; auch wurden die Leichen mit Rinde, Bast und Bastgeflecht zugedeckt, oder statt dessen mit Sand überschüttet. Die gewaltigen Eichbaumsärge, welche während derselben Kulturstufe auf der cimbrischen Halbinsel vorkommen, hat der sagenhafte Waldbestand Sylts offenbar niemals zu liefern vermocht. Auffälliger ist es, dass die Leichen der Todtenbäume mit wollenen Geweben reich bekleidet sind, wogegen ich auf Sylt die einzigen geringfügigen Proben von Wollenstoff zwar in einer sargförmigen Steinkiste, aber neben verbrannten Gebeinen gefunden habe.

## Sargförmige Steinkisten mit unverbrannten Leichen.

a) Mit freiliegenden Knochenresten und Aschenspuren im nördlichen, mittleren und nordöstlichen Krockhoog Nr. 13, 15 und 19; desgl. in Nr. 32.

b) Mit Sandauffüllung, worin Schichten von Knochenmehl (südöstlicher Krockhoog Nr. 20) oder wenigstens schwärzliche Verwesungsstreifen (westlicher Krockhoog Nr. 16 und Hündshoog Nr. 28) zu unterscheiden waren.

c) Mit Sandauffüllung ohne sichere Spuren der Verwesung (zweiter Turndälhoog Nr. 24 und kleiner Jüdälhoog Nr. 30).

d) Die sargförmige Steinkiste ist angedeutet, aber nur das abgetheilte Kopfende zur Bestattung eines abgetrennten Kopfes benutzt im grossen Brönshoog Nr. 26. Ausser diesem Schädelgrab enthält derselbe Hügel zwei Steinhaufen ohne Hohlraum, wahrscheinlich Kenotaphien.

Aehnliche Kenotaphien kommen vor im Tipkenhoog Nr. 2, in zwei Stapelhoogern Nr. 22, 23 und im Nessenhoog Nr. 29. Nach einem bronzenen Fundstück im letztgenannten dürften diese Malhügel gleichfalls im die ältere Bronzezeit zurückreichen.

## Sargförmige Steinkisten mit verbrannten Gebeinen.

Die sargförmigen Steinkisten blieben vorerst noch üblich, als die neue Sitte des Leichenbrandes schon den älteren Brauch der Bestattung verdrängt hatte. Hier sind gleichfalls bronzene Schwerter mit Holzscheiden, bronzene Messer und Schmucksachen, aber auch löffelförmige Schabmesser von Flintstein und einmal Wollenstoffe beigegeben.

Die verbrannten Gebeine liegen entweder frei, wie im Reisehoog Nr. 12 und im kleinen Brönshoog Nr. 27, oder innerhalb der Sandauffüllung, wie in dem Hügel Nr. 25.

Da die verbrannten Gebeine verhältnissmässig wenig Raum erforderten, so hat man wahrscheinlich bald sich an kleineren Steinkisten genügen lassen, die von den verschiedensten Dimensionen vorkommen. Vgl. z. B. die Hügel Nr. 7 und 18, in welchen beiden zwei ziemlich ähnliche Bronzemesser beigelegt waren. Merkwürdig erscheint auch die sehr kleine Steinkiste in dem gewaltigen Tüderinghoog Nr. 11. Das Nebengrab in demselben Hügel zeigt einen Fall, wo die verbrannten Gebeine zunächst in eine Urne gelegt und diese dann in einer kleinen Steinkiste geborgen wurde.

Was die nachträglich am Abhange der Hügel beigesetzten und meist durch den Haidewuchs zersprengten Urnen anbetrifft, so mögen auch davon noch manche aus der Bronzezeit herrühren; jedoch eine sichere Altersbestimmung war unmöglich, wo jede Beigabe mangelte. Dagegen sind als Eisengräber zu nennen die beigesetzte Urne im nordöstlichen Krockhoog Nr. 19, eine dsgl. im grossen Berg auf Föhr Nr. 34 und die drei Kegelgräber ebendaselbst Nr. 33.

Endlich möchte ich die „backofenförmigen" Steinbauten mit rundlichen oder länglichen Steinkisten hervorheben, welche im kleinen Turndälhoog Nr. 10, im südlichen Krockhoog Nr. 17 und im benachbarten Riesenbett Nr. 21, sowie auch im grossen Berg auf Föhr Nr. 34 beobachtet wurden. (In Nr. 34 war ausserdem ein Steinhaufen, Kenotaph.) Nur Nr. 17 enthielt neben verbrannten Gebeinen Bronzeschmuck und ein löffelförmiges Schabmesser von Flintstein, während die anderen drei Gräber schon früher ausgeleert waren. Dieselbe Enttäuschung habe ich noch in einigen Fällen mehr erfahren müssen.

Im Ganzen halte ich an der Ueberzeugung fest, dass die Wahrscheinlichkeit interessanter Fundresultate bei den grossen Hügeln am grössten ist. Die kleineren sind in der Regel bereits ihres Inhaltes beraubt. Die jungen Seeleute auf den nordfriesischen Inseln pflegten früher den Winter über zu feiern, und wenn sich deren einige zusammenthaten, so konnten sie leicht in einem Tagewerk oder auch in einer Nacht solchen kleinen Hügel umwühlen.*) Dagegen bei den 4 bis 6 Meter hohen Hünenbergen stand die unsichere Hoffnung auf eventuellen Gewinn aus den Fundsachen in keinem Verhältniss zu der erforderlichen mühseligen und langwierigen Arbeit. Nur ausnahmsweise erzählt die Sage von misslungenen Ausgrabungen im Klöwenhoog und im grossen Brönshoog (s. Seite 1 und 30). Das goldene Schiff und der

---

*) Vgl. Camerer: „Sechs Schreiben von einigen Merkwürdigkeiten der holsteinischen Gegenden" (Leipzig 1756) S. 22—23.

goldene Wagen, welche die Schatzgräber lockten, dürften vielleicht als mythologische Attribute aufzufassen sein.*)

Soweit bekannt, hat der Amtmann von Tondern, Geh. Conferenzrath v. Holstein um 1756 die ersten förmlichen Untersuchungen von Grabhügeln auf Sylt vorgenommen, und davon sind wenigstens zwei Fundberichte veröffentlicht, welche ich auf S. 30 und 31 habe wieder abdrucken lassen. Auch Matthis Matthissen, der von 1742 bis 1788 Landvogt auf Sylt war, hat viele Hünengräber daselbst eröffnet; namentlich wird ihm die Durchwühlung der Thinghooger (s. S. 5) zugeschrieben. Jedoch über den Verbleib der gefundenen Alterthumsgegenstände ist nichts bekannt, und es sind auch keine Fundgeschichten überliefert.

Der allen Besuchern und Freunden Sylts wohlbekannte unermüdliche Sammler und Forscher Herr C. P. Hansen in Keitum hat in Falck's Archiv für Geschichte, Statistik etc. von Schleswig-Holstein und Lauenburg IV. Jahrgang (1845) S. 55—66 über die Grabhügel der Insel sowie über Ausgrabungen und Abtragungen von solchen berichtet.**) Demselben verdanken wir die im Jahre 1866 entworfene und 1868 veröffentlichte „antiquarische Karte der Insel Sylt", welche als ein zuverlässiger und belehrender Wegweiser bestens zu empfehlen ist.

---

*) Ich denke an Wodan's Wagen, nach dem bekanntlich auch das Sternbild des grossen Bären benannt wurde, und an Fro's Schiff. Vgl. Deutsche Mythologie, 2. Aufl. S. 138, 197, 687. Ebenso die goldene Wiege, welche bei uns in so vielen Schatzsagen vorkommt, erinnert an die Wiege in den Sinflutsagen. A. a. O. S. 526, 546, 934.

**) Ueber den vom Hochwasser blossgelegten Kolkingehoog bei Archsum, dessen Deckstein beinah 20 Fuss im Umfang bei 3 Fuss Dicke maass, vgl. den XXXII. Bericht der Schleswig - Holstein - Lauenburgischen Alterthums-Gesellschaft S. 6. Dieselben Berichte I. S. 19—21, II S. 4—6, III S. 12 und 59, XIII S. 5, XXIII S. 40 und 43—44, XXVIII S. 18 und 25—26, XXIX S. 89—90 enthalten weitere Notizen über Sylter Ausgrabungen und Alterthümer. Was die Ausgrabungen verschiedener Badegäste während des letztverflossenen Jahrzehnts anbetrifft, so habe ich über deren Resultate nichts Sicheres feststellen können.

Im Juni 1848 grub ein Einwohner Westerlands aus dem Katshoog einen sehr schönen bronzenen Dolch mit desgl. Handgriff von 15 Zoll (36 Cm.) Länge und 2 Zoll Breite, den er später nach Kopenhagen verkaufte. Einen minder gut erhaltenen Bronzedolch ohne Griff, gleichfalls aus einem Katshoog, 11½ Zoll (27 Cm.) lang und 1 Zoll breit, besitzt Herr C. P. Hansen.

Ueber eine auf dem Rothen Kliff gefundene und jetzt im Museum zu Schwerin befindliche Bronzekrone vgl. Zeitschrift der Gesellschaft für die Geschichte von Schleswig-Holstein und Lauenburg Bd. III S. 31—32 und 432; Jahrbücher des Vereins für Meklenburgische Geschichte und Alterthumskunde Bd. XXXVI S. 138—40.

In neuester Zeit wurden namentlich die Riesenbetten (Börder) ausgebeutet, welche eine verhältnissmässig leicht zu eröffnende Fundgrube grosser Granitsteine darboten, so dass kaum ein einziges noch unverletzt ist.

Jedoch wir dürfen keineswegs immer den letzten Jahrhunderten die Schuld geben. Ohne Zweifel sind viele Hünengräber schon sehr bald nach ihrer Errichtung ausgeraubt worden. Denn die kostbaren Grabgeschenke reizten die Habgier, und wer vor der Ruhe der Todten keine fromme Scheu hatte, griff unbedenklich zu. Im skandinavischen Norden war das Aufbrechen der Hügel (briota haugum, haugbrot) während der wilden Vikingerzeit ein sehr häufiges Verbrechen.*) Und die altgermanischen Volksrechte bezeugen, dass es ebenso in Deutschland vorkam. Die Lex Salica LV, 2 sagt: „Wenn jemand einen schon begrabenen Leichnam ausgegraben und beraubt hat und dessen überwiesen wird, der soll wargus (ein Wolf, d. h. friedlos, geächtet) sein bis zu dem Tage, da er sich mit den Verwandten des Verstorbenen vergleicht, und diese selbst müssen für ihn bitten, dass es ihm verstattet werde, wieder unter Menschen zu kommen." Aehnlich bei anderen deutschen Stämmen.**) Die mildeste Strafbestimmung hat das Gesetz der Friesen unter den Wahrsprüchen des weisen Saxmund***), indem danach die Ausgrabung und Beraubung eines Todten nur gleich einem gewöhnlichen Diebstahl bestraft werden soll.

Es steht nichts im Wege anzunehmen, dass dasselbe Verbrechen auch schon in vorgeschichtlicher Zeit bis in das sogenannte Bronzealter vorzukommen pflegte. Die Bronzewaffen, die Schmucksachen von Gold und Bronze waren für die Zeitgenossen nicht minder verlockend.

Kiel, im Februar 1873.        **H. Handelmann.**

---

*) Weinhold: „Altnordisches Leben" S. 497. Vgl. Suhm: „Kritisk Historie af Danmark udi den hedensk Tid" Band II S. 278—79, wo die Beraubung des bei Leire belegenen Grabhügels von Rolf Krake durch den isländischen Seefahrer Skegge besprochen wird.

**) Waitz: „Das alte Recht der Salischen Franken" S. 201 und 262; Grimm: „Deutsche Rechtsalterthümer" S. 396 und 733. Der fränkische Herzog Guntram liess einer verstorbenen Verwandten durch seine Diener das goldene Geschmeide aus der Gruft entwenden, und Herzog Giselbert von Verona rühmte sich selbst der Plünderung von Alboin's Grabstätte.

***) Lex Frisionum, additio sapientium III, 75 (bei Pertz monumenta, legum tom. III S. 691, Note 40).

# Protokoll über die Ausgrabungen auf der Insel Sylt.

## 1. Klöwenhoog.

8, 10—13. August 1870.

Dieser Hügel, Eigenthum der Keitumer St. Severinus-Kirche, circa 94 Meter im Umkreis und 4,3 Meter hoch, ist am Rande der Geest gegen die südlichen Marschländereien des Dorfes Keitum belegen und, der Masse nach, einer der grössten Hügel auf der ganzen Insel. Abgesehen von einigen kleinen Abgrabungen an der Nordwestseite und auf der Spitze, erschien der Hügel unverletzt, und es hat sich auch keine Spur ergeben, welche auf eine frühere Untersuchung hindeutet.*) Die Erdmasse besteht aus einer Mischung von Sand und Lehm, ähnlich wie die Ackerkrume der benachbarten Felder.

Zunächst liess ich auf allen Seiten mit einem achtfüssigen (2,3 Meter langen) eisernen Erdbohrer Bohrungen vornehmen, ohne dass wir irgendwo auf Steine stiessen. Dann ward von Süden her, wo der Hügel ganz allmählich abfällt, ein 1,5 Meter breiter Stollen bis aufwärts an die Spitze ausgegraben, und oben auf der Abflachung in die Quere fortgesetzt. Von diesem circa 1,7 Meter tiefen Stollen aus wurden nach allen Seiten hin weitere Bohrungen vorgenommen, welche ebenso erfolglos blieben, obgleich der Bohrer von der Tiefe des Stollens ab wohl bis auf den Urboden reichte.

---

*) Nach der Sage (bei Müllenhoff Nr. 501 S. 373) ist im Klöwenhoog ein Seeheld mit seinem goldenen Schiff begraben, dessen goldene Anker in dem weiter südwärts auf der Marsch belegenen Haaks liegen. Schatzgräber hatten schon die Masten des Schiffes erreicht; da erschien ein missgestaltetes Männlein, auf einer lahmen Gans reitend. Vor Schreck fing einer an zu sprechen, und das Schiff versank.

Der Klöwenhoog galt auch als Versammlungsplatz der Hexen. (Müllenhoff Nr. 288, S. 212).

1

Es ist danach als mit Sicherheit festgestellt anzusehen, dass der Klöwenhoog keine Steinkammer enthält und überhaupt nicht in die Kategorie der Grabhügel hineingehört.*)

## 2. Tipkenhoog.
### 15—18. August 1870.

Dieser Hügel, der Dorfschaft Keitum gehörig, ist bei diesem Dorfe am Rande des Kliffs belegen. Er ragt circa 5,7 Meter über das Niveau des Kliffs und circa 12,5 Meter über die gewöhnliche Fluthhöhe des Wattenmeeres empor und hat einen ungefähren Umfang von 86 Meter. Der Hügel ist (eine sehr seltene Ausnahme) aus schwärzlichem Haidesand oder abgestochenen Haidesoden aufgeschüttet und zwar, wie es scheint, auf einer kleinen natürlichen Bodenerhebung, da bei der Ausgrabung bereits in einer Tiefe von 4,5 Metern der Urboden, gelber Sand wie auf den benachbarten Feldern, erreicht ward.**)

Da bei der Untersuchung mit dem Erdbohrer sich zwischen Süd und Ost Steine ergaben, so ward ein circa 2,3 Meter breiter Stollen von Süden nach Norden ausgegraben, soweit es möglich war, ohne das auf der höchsten Spitze des Hügels neuerdings errichtete trigonometrische Signal zu beschädigen. Bald stiessen wir auf einen Steinhaufen, dessen Ausdehnung durch einen nach Ost abgezweigten Stollen verfolgt wurde. Ein zweiter Steinhaufen fand sich weiter nordwärts und setzte sich bis unter die Spitze des Hügels fort. Beide Haufen von ganz unregelmässiger Gestalt, bestanden aus etwa 8 bis 10 Lagen von Handsteinen, die durch kein Bindemittel verbunden waren. Ihre Höhe betrug circa 1,2 bis 1,5 Meter, und der höchste Punkt des zweiten Haufens war noch circa 3 Meter unter der Hügelspitze. Die Steine wurden zum

---

*) Vgl. Protokoll Nr. 9 (Burg bei Tinnum), auf Seite 6. Ein sehr grosser Hügel gleiches Namens, Klööwanhuugh, findet sich auf der Insel Amrum, westlich von dem Hauptwege zwischen Norddorf und Nebel. Auch in England kommt ein Volksversammlungshügel Clofesho oder Clouesho, nördlich von der Themse, schon in der angelsächsischen Chronik zum Jahre 742 vor; s. Clement: „Schleswig das urheimische Land der Angeln und Friesen." S. 171.

**) Gegenwärtig benutzen die Keitumer den Tipkenhoog beim Frühlingsfest auf Petri Stuhlfeier, 22. Februar, um daselbst das übliche grosse Feuer, die sog. Biiken, anzuzünden. Aber der Hügel hat diese Bestimmung erst in neuerer Zeit erhalten. Früher hatten die Keitumer ihre Biiken auf dem Wedeshoog (Wends- oder Winjshoog, d. h. Wodanshügel), der südlich von der Kirche belegen ist. Um Feuersgefahr zu vermeiden, wählte man später den Tipkenhoog (Müllenhoff Nr. 228. S. 167.)

Ein zweiter Tipkenhoog liegt auf der Feldmark des Dorfes Kampen, östlich von dem Hauptwege nach Braderup. Beide Hügel haben den Namen wohl nach der spitzigen Form erhalten; denn „tip" bedeutet „Spitze". (Chr. Johansen: „Die Nordfriesische Sprache" S. 17).

Theil bis auf den Urboden losgebrochen und festgestellt, dass sie keinen Hohlraum verbargen. Wahrscheinlich sind beide Steinhaufen nur aufgerichtet, um den Platz zu bezeichnen und bei der Aufschüttung des Hügels einen festen Anhaltspunkt, resp. Unterlage abzugeben. In dem zweiten nördlichen Steinhaufen fand sich ein Bruchstück von dem Untertheil einer Quernmühle aus Granit, das wohl als nutzlos weggeworfen und so unter die zum Hügelbau aufgesammelten Geröllblöcke gerathen ist. Sonst wurde nicht das geringste Produkt menschlichen Kunstfleisses gefunden.

Somit ist auch der Tipkenhoog kein Grabhügel, sondern eher als ein Mal- oder Gedächtnisshügel (Kenotaph) zu erklären.*)

## 3. Tipkenthurm.
### 19 August 1870, Vormittags.

Dieser circa 2,3 Meter hohe Hügel, der Dorfschaft Keitum gehörig, ist eben südlich vom Tipkenhoog, innerhalb einer halbkreisförmigen, nach Osten (dem Rande des Kliffs) hin offenen Bodenerhebung belegen. Wenn man die letztere als eine künstliche Umwallung erklärt hat, so kann ich dieser Ansicht nicht beitreten. Ebensowenig kann ich zustimmen, wenn man versucht hat, hier den sagenhaften Wachtthurm der Sylter Riesen zu lokalisiren.**)

Die obere Spitze des Hügels war schon früher ausgegraben, und nach einigen Scherben zu schliessen, welche alsbald zu Tage gefördert wurden, ist hier eine Todtenurne beigesetzt gewesen. Ich liess dann weiter bis in den Urboden graben; aber es fanden sich nur vereinzelte regellos liegende Steine von mittlerer Grösse, und gar kein Hohlraum. Danach scheint auch der Tipkenthurm ursprünglich nur ein Malhügel zu sein, in welchem erst später eine Urne bestattet wurde.

## 4 und 5. Die beiden Kolkhooger.
### 19. August, Nachmittags, und 20. August 1870.

Durch Vermittelung des Herrn C. P. Hansen wurde mir die Untersuchung zweier kleinen Hügel freigestellt, welche unweit der

---

*) Vgl den Aufsatz „Malhügel am hohen Ufer der Elbe und des Wattenmeers" in der Zeitschrift der Gesellschaft für die Geschichte von Schleswig-Holstein und Lauenburg Bd. III. S. 41 uff.

**) Vgl. den Aufsatz: „Die Bauernburgen auf den nordfriesischen Inseln" im III. Bande der Zeitschrift der Gesellschaft für die Geschichte von Schleswig-Holstein und Lauenburg, besonders S. 57—59.

nördlichen Gränze der Keitumer Feldmark, östlich vom Wege nach Braderup, belegen sind und nach einem benachbarten Wassertümpel (Kolk) die Kolkhooger genannt werden.

4) Bei dem ersten Hügel, der Strasse zunächst, war die frühere Ausgrabung nicht zu verkennen. Der abgeglittene und zur Hälfte in die Erde versunkene Deckstein bildete eine schräge Seitenwand nach Norden; die anderen drei Seiten bestanden aus vier kleineren Steinen. Die offenliegende, circa 1 Meter im Viereck haltende Steinkiste war inwendig schon wieder mit Haidekraut bewachsen. Als ich dieselbe von Neuem aufwühlen liess, fand ich in der aufgeworfenen Erde ein etwas abgesplittertes, aber sonst sehr schönes und derbes Exemplar von jenen löffelförmigen Schabmessern mit Handgriff, aus Flintstein,*) welche auch in dem bekannten Streit zwischen Worsaae und Steenstrup über die Zweitheilung des Steinalters (als Figur 21, Oversigt over det Kgl. Danske Vidensk. Selsk. Forhandlinger vom Jahre 1861) zur Sprache gekommen sind.

5) Den zweiten, circa 2 Meter hohen Hügel, welcher zwar oben eine kleine Vertiefung aufwies, aber sonst wohl erhalten aussah, liess ich ausgraben. Auch hier fand ich zunächst in der aufgeworfenen Erde ein löffelförmiges Schabmesser von Flintstein, nicht so schön gearbeitet, aber viel dünner als das eben erwähnte. Bald wurde ein hübsches Steingrab blossgelegt, mit einem mächtigen rundlichen Deckstein (1,7 Meter lang, 1,4 Meter breit, 70 Cm. dick), welcher an der Süd- und der Westseite von je einem, an der Nordseite von zwei Blöcken getragen wird; die östliche Seite und anderweitige Zwischenräume waren mit kleineren Handsteinen zugesetzt. Die circa 57 Cm. breite, 85 Cm. hohe und 1,15 Cm. lange Kammer, deren Boden mit flachen Steinen gleichsam gepflastert war, enthielt nichts als Erde. Obwohl ich sogar die flachen Steine aufnehmen und den Urboden auf-

---

*) Abgebildet als Figur A auf Tafel I. Das Exemplar ist 8 Centimeter lang, bei einer grössten Breite von 4½ Cm. und einer durchschnittlichen Dicke von 1 Cm. Vgl. Nr. 29 bei Worsaae: „Nordiske Oldsager."

Im weiteren Verfolg dieses Ausgrabungs-Protokolls werden noch mehrere ähnliche Stücke erwähnt, welche theils mit der aufgeworfenen Erde, theils aus dem Inneren der Steinkisten zu Tage kamen; und andere fand ich sonst gelegentlich auf Sylt. Zwei Exemplare erhielt ich August 1869 in Norddorf auf Amrum. Diese löffelförmigen Schabmesser kommen gleichmässig an der Ostküste vor  In der Jaspersen'schen Sammlung (Flensburger Museum) sind u. A. zwei Stücke, gefunden im Gute Ohrfeld unweit Gelting, an einem Platz, „wo früher Steinhügel gestanden." Auch habe ich selbst Juni 1871 ein sehr kräftiges Exemplar, etwas breiter und mit kürzerem Stiel, an der rechten Seite abgesplittert (7 Cm. lang, bis zu 1½ Cm. dick und 5 Cm. breit), im Gehölz Weinberg bei Putlos, Kirchspiel Oldenburg, gefunden.

wühlen liess, wurde nicht das geringste Gebein oder Grabgeschenk gefunden.*)

Mit Zustimmung der Grundeigenthümerin habe ich diese Grabstätte auf allen vier Seiten von den Hügelwänden freilegen lassen, und es ist mir versprochen, dass dieselbe in diesem Zustande conservirt bleiben soll.

Bei dieser Gelegenheit entdeckten die Arbeiter am südöstlichen Rande des Hügels ein kleines Stück Bronze (von einem Tutulus?) nebst einigen Urnenscherben. Diese Fundstücke dürften jedoch nicht von dem Inhalt des Hauptgrabes, sondern von einer nachträglich beigesetzten Urne herrühren.

## 6, 7 u. 8. Die drei nordwestlichen Thinghooger.
### 22—23. August 1870.

Die Gruppe der Thinghooger, welche sechszehn Hügel von verschiedener Grösse umfasst, ist eine der grossartigsten auf der mittleren Haide. Leider sind alle grösseren Hügel, auf den Dienstländereien des Keitumer Pastorats und den benachbarten Privatgrundstücken, wie der Augenschein lehrt, bereits in der regellosesten Weise durchwühlt. Nach der von Herrn C. P. Hansen mitgetheilten lokalen Tradition soll der frühere Landvogt Matthis Matthissen, der von 1742 bis 1788 fungirte,**) hier viele Ausgrabungen vorgenommen haben. Unter solchen Umständen entschloss ich mich, die Untersuchung auf drei kleinere etwa 1,7 Meter hohe Hügel zu beschränken, welche am nordwestlichen Ende der Gruppe auf einer Haidekoppel der Landvogtei belegen sind.

6) Der mittlere Hügel (a) sah ganz unverletzt aus, mit einer wohlabgerundeten Kuppe; nichtsdestoweniger täuschte er meine Erwartungen. Im Inneren lagen nur viele Steine von verschiedener Grösse wirr durcheinander, wahrscheinlich die Ueberreste des früher zerstörten Grabes. Es fanden sich in der aufgeworfenen Erde verschiedene kleine Urnenscherben, Stücke Flintstein die offenbar im Feuer gewesen sind, Reste von Holzkohlen, sowie ein bronzener Fingerring, verhältnissmässig roh gearbeitet.***)

---

*) Aehnliche Beispiele, dass innerhalb wohlerhaltener Steinkisten keine Spur von einer Todtenbestattung und auch keine Grabgeschenke vorkamen, sind u. A. in der Zeitschrift der Gesellschaft für die Geschichte von Schleswig-Holstein und Lauenburg Bd. III S. 77 und 82 aufgeführt.

**) Vgl. Falck's Archiv für Geschichte, Statistik, Kunde der Verwaltung und Landesrechte von Schleswig-Holstein und Lauenburg IV. Jahrgang (1845) S. 358, 609 und insbesondere S. 627. Das Archiv des Kieler Museums bewahrt eine von Herrn C. P. Hansen 1862 gezeichnete Kartenskizze der Thing- und Brammhooger, wo ich die von mir 1870 untersuchten Hügel mit a, b, c bezeichnet habe.

***) Abgebildet als Figur D auf Tafel I. Der Durchmesser des Ringes ist 2½ Cm.

7) Interessanter war das Ergebniss bei dem zweiten, etwas östlicher belegenen Hügel (c). Es war deutlich zu sehen, dass bereits eine Ausgrabung stattgefunden hatte. Ich muss es jedoch dahingestellt sein lassen, ob ein grösseres Begräbniss in der Mitte vorhanden gewesen, resp. früher zerstört ist; denn es zeigten sich nur wenige lose Steine. Dagegen eine ziemlich weit nach Südwesten gerückte kleine Steinkiste war den früheren Nachforschungen entgangen und ganz unverletzt geblieben. Dieselbe war von unregelmässiger Form, aus mittelgrossen und kleinen Steinen zusammengesetzt, circa 85 Cm. lang, 40 Cm. hoch und ebenso breit; der Boden war nicht gepflastert. Darin lagen verbrannte Menschenknochen, in eine mit Holzkohlen vermischte Erde gebettet, und daneben als Beigabe ein 11 Cm. langes einfaches Bronzemesser mit geradem und dickerem Handgriff.[*]

8) Der dritte Hügel (b), zu äusserst nach Nordwest, enthielt nur zerstreute Steine. In der aufgeworfenen Erde entdeckte ich ein löffelförmiges Schabmesser mit Handgriff, von Flintstein, lang 7 Cm., sehr zart gearbeitet, leider zur kleineren Hälfte abgesplittert.[**]

## 9. Burg bei Tinnum.

24. August 1870.

Bei der Untersuchung dieses ringförmigen Erdwalles (Eigenthum der Dorfschaft Tinnum) ist nichts gefunden, was eine archäologische Altersbestimmung ermöglichen könnte. Ich verweise daher nur auf meinen Aufsatz: „Die Bauernburgen auf den nordfriesischen Inseln" (mit einer Steindrucktafel), welcher in der Zeitschrift der Gesellschaft für die Geschichte von Schleswig-Holstein und Lauenburg, Bd. III. S. 54—75 abgedruckt ist.

Ich habe a. a. O. S. 74—75 auch die Vermuthung ausgesprochen, dass der Klöwenhoog (s. oben S. 1) vielleicht eine Erdaufschüttung sei, wo der Bau eines ähnlichen Ringwalles begonnen wurde, aber bald wieder in Stockung gerieth.

## 10. Ein kleiner Turndälhoog.

30—31. August 1870.

Die Gruppe der Turndälhooger ist zwischen dem sog. Pukthal und einer nördlicheren Haideschlucht,[***] südöstlich vom Dorfe Kampen

---

[*] Abgebildet als Figur E auf Tafel I.
[**] Abgebildet als Figur B auf Tafel I.
[***] Diese letztere Schlucht scheint den Namen „Turndäl", d. h. „Dornenthal"

belegen. Von dieser Gruppe wurde ein kleiner Hügel unweit des Kliffrandes untersucht, welcher dem dortigen Gemeindevorsteher Herrn Cl. Möller gehört. Derselbe, reichlich 1 Meter hoch, war mit einem Kranz von Steinen umgeben und sah ganz unverletzt aus; doch erwies auch hier diese Voraussetzung sich als irrthümlich.

Es wurde ein rundlicher Steinbau von grösseren und kleineren Steinen, „wie ein Backofen," sagten die Arbeiter, blossgelegt, etwa 70 Cm. hoch und 2,3 Meter im Durchmesser. In diesem Steinbau war, nach Norden zu, eine circa 60 Cm. tiefe und 85 Cm. im Durchmesser haltende rundliche Höhlung, oben offen, unten mit flachen Steinen ausgesetzt, welche ganz mit Erde aufgefüllt war, sonst aber nichts enthielt. Ich muss demnach annehmen. dass schon früher eine Ausgrabung stattgefunden hat, bei welcher Gelegenheit die Decksteine entfernt wurden. Zuletzt liess ich den Steinbau aufreissen und bis auf den Urboden durchwühlen, ohne dass sich weitere Resultate ergaben.

## 11. Tiideringhoog.
### 31. August bis 5. September 1870.

Dieser circa 5 Meter hohe Hügel, circa 77 Meter im Umkreis, welcher dem Gemeindevorsteher Herrn Cl. Möller in Kampen gehört, ist östlich von der Schule der Norddörfer belegen und bildet gewissermaassen den Mittelpunkt einer grösseren Gruppe.

Von der Nordseite des Hügels war bei dem Bau des gedachten Schulgebäudes ein beträchtliches Stück abgestochen und die dadurch gewonnene Erde verbraucht worden. An dieser Seite hat man daher öfter gewühlt, doch nur einmal mit Glück. Ein fremder Badegast nahm vor einigen Jahren an der nordöstlichen Ecke drei Urnen aus. Dagegen eine später von demselben zusammen mit Herrn C. P. Hansen und unter Beihülfe eines Arbeiters vorgenommene Ausgrabung blieb ohne Resultat.

Ich liess den Hügel an der südöstlichen Seite ausgraben, wo mit dem Erdbohrer eine Schicht Steine zu fühlen war; doch bald zeigte sich, dass diese ohne weitere Bedeutung und wahrscheinlich nur gelegt waren, um den Abhang zu befestigen. Bei diesen Nachgrabungen stiessen wir hier am südöstlichen Abhang, circa 2 Meter abwärts von der Hügelspitze auf eine kleine Steinkiste, die nur 30 Centimeter unter der Oberfläche lag. Dieselbe war von fast dreieckiger Form, aus einem flachen Grundstein, fünf Seitensteinen und einem grösseren Deckstein (lang 50 Cm., breit 35 Cm., dick 12—17 Cm.) erbaut und maass in

---

erhalten zu haben nach dem Hagedornbusch, welcher südöstlich von Kampen steht und unter dem Namen des „Klawenbusches" bekannt ist. (Vgl. die Sage bei Müllenhoff Nr. 105 S. 90.)

der Höhe 30 Cm., in der Breite und Tiefe bis 45 Cm. So hatte die Steinkiste von vorn herein sich zu klein erwiesen für die beiden Urnen, welche hier in einander gestülpt und in Erde gebettet waren. Der Deckstein hatte den Boden der oberen Urne, die so zu sagen als Deckel diente, eingedrückt, und in Folge davon war dieselbe voll Haidesand gelaufen. Die untere Urne, worin verbrannte Gebeine und ein kleines Bronzemesser*), war ganz zerbrochen und konnte nur in Scherben herausgebracht werden. Die obere krugförmige Urne mit einem kleinen Henkel, von bräunlicher Farbe, ist 24 Cm. hoch, hat einen Durchmesser von oben 12 Cm. und unten 9 Cm., und an der bauchigen Mitte einen Umfang von 68 Cm. Die untere topfförmige Urne mit einem Henkel, gleichfalls von bräunlicher Farbe, muss oben an der Oeffnung mindestens einen Durchmesser von 21 Cm. gehabt haben. Beide sind ohne Verzierungen. (1. September 1870).

Die Ausgrabung wurde fortgesetzt, bis das Hauptgrab freigelegt war, welches sich circa 3 Meter unter der Hügelspitze vorfand. Es war ein merkwürdiger reichlich 2 Meter hoher Bau; zu unterst eine mehr als 1 Meter hohe Schicht von Handsteinen, dann eine etwas geringere Erdschicht, worauf die kleine Steinkiste von fast dreieckiger Form, circa 30 Cm. hoch, 60 Cm. tief und bis ebenso breit. Der flache, nur 2 bis 3 Cm. dicke Deckstein wurde getragen von einem grösseren viereckigen, nach unten in der Form einer abgestumpften Pyramide auslaufenden Stein, welcher zugleich die Rückwand des Grabes bildete und auf der obgedachten Erdschicht ruhte. Die Seitenwände bildeten zwei mittelgrosse Steine, und vorne war die Steinkiste verschlossen durch eine Steinsetzung von Handsteinen, welche mit einem spitzen

---

*) Abgebildet als Figur G auf Tafel I. Das 6 Cm. lange, 2½ Cm. breite Messer ist halbmondförmig, wie das bei Lindenschmit: „Alterthümer unserer heidnischen Vorzeit" Bd. I. Heft 8, Tafel 4, Figur 14, welches aus einem Grabhügel im Landgericht Griesbach, Niederbayern, herstammt. Aber während das Griesbacher Exemplar einen kurzen geraden Stiel hat, der in einen Ring endet, fehlt hier der Stiel ganz. Nur das eine Ende der halbmondförmigen Klinge ist etwas länger und spitzer geschnitten und dann aufgerollt, und bildet somit einen Ring, der offenbar zum Anhängen des Messers dienen sollte. Nach einer gefälligen Mittheilung des Fräulein J. Mestorf ist ein ähnliches, fast halbmondförmiges Bronzemesser mit sehr kurzem geraden Stiel und Ring in der etruskischen Nekropole von Villanova bei Bologna gefunden. Graf Gozzadini hält diese selten vorkommenden Messerchen, bei welchen die Schneide an der convexen Seite liegt, für Rasirmesser. Ein gleiches Stück aus einer Tyroler Grabkammer finde ich abgebildet bei Woldrich: „Ueberblick der Urgeschichte des Menschen", Fig. 27 auf S. 36, und dasselbe wird auf S. 40—41 gleichfalls für ein Rasirmesser erklärt. Nilsson: „Bronzealter" S. 147 deutet die Bronzemesserchen mit umgebogenem Griff ebenso. Mir scheint jedoch die von Frl. J. M. ausgesprochene Ansicht wahrscheinlicher, dass dieselben zum weiblichen Geräth gehört und anstatt der damals noch unbekannten Scheeren gedient haben. Auch Worsaae: „Danmarks Oldtid" S. 31—32 hat sich in diesem Sinne geäussert.

Winkel nach Südost hinausragte. Die mit Sand ausgefüllte Steinkiste
enthielt vorne zwei kleine Thongefässe, die gleichfalls mit Sand gefüllt
waren, und von denen das grössere sehr mürbe nur bruchstückweise
herausgefördert werden konnte. Dahinter lagen verbrannte Gebeine
nebst den geringfügigen Bruchstücken eines bronzenen Handgelenkrings(?),
auf Geröllsteine gebettet.

Nach Ausleerung des Grabes wurden die Seitensteine entfernt;
aber es war unmöglich, jenen pyramidenförmigen Hauptträger loszu-
brechen, ohne einen gefährlichen Erdsturz zu veranlassen. So konnte
derselbe nicht gemessen, noch mit Bestimmtheit entschieden werden,
ob die Form natürlich oder bearbeitet. Ersteres ist mir wahrscheinlicher.

Nachträglich wurden die beiden Thongefässe untersucht. Das
zerbrochene, grössere, von bräunlicher Farbe, mit Henkel, ist etwa
14 Cm. hoch gewesen; der Durchmesser betrug oben 10 Cm. und unten
7 Cm., der Umfang in der Mitte 52 Cm. Die kleinere Vase mit zwei
Henkeln, von schwärzlicher Farbe, ist 10 Cm. hoch, hat einen Durchmesser von oben 7 Cm., unten 6 Cm., und bei den Henkeln einen
Umfang von 34 Cm. Beide sind ohne alle Verzierungen.

In dem Sande, der das kleine Gefäss anfüllte, fanden sich zwei
Grabgeschenke, wonach man folgern möchte, dass hier in dem Hauptgrabe eine Frau bestattet ist. Nämlich eine bronzene Nähnadel, die
etwa zur Hälfte in einem hölzernen Futteral steckt,*) und ein krumm-
gebogener bronzener Pfriem.**)

(3. September 1870).

---

*) Abgebildet als Figur J auf Tafel I. Die Nadel misst 5½ Cm., ist etwas ver-
bogen und ähnelt den heutigen Nähmaschinennadeln, welche gleichfalls das Loch nicht am
äussersten Ende haben.

a) Ein Gegenstück zu dieser Nähnadel in hölzernem Futteral ist schon früher auf
Sylt gefunden und gegenwärtig in der Sammlung des Herrn C. P. Hansen. Nämlich:
eine bronzene Nadel in einem aus Bronzeblech zusammengebogenen Futteral. Letzteres,
von ähnlicher Form wie das hölzerne der Figur J, ist reichlich 3½ Cm. lang. Leider ist
die Nadel eben oberhalb des Futterals krummgebogen und abgebrochen; ganze Länge 4 Cm.

b) Ich möchte auch an einen Urnenfund mit bronzenem weiblichen Schmuck und
Geräth erinnern, welcher in dem sog. Brutberg bei Bordesholm erhoben ist. Derselbe
ist mit der Warnstedt'schen Sammlung an das Kieler Museum gelangt und in der An-
sprache: „Ueber Alterthumsgegenstände“ S. 53 kurz beschrieben. Die beiden Nähnadeln
darunter sind resp. 7 und 9 Cm. lang und haben das Loch weiter nach dem Ende hin;
die längere ist rund, die kürzere platt.

Neuerdings wurde in einem Hünengrabe auf der Feldmark von Gasse (Kirchspiel
Scherrebek) eine Todtenurne blossgelegt, worin zwei Haarnadeln, resp. 11 und 18½ Cm.
lang, ein nur 3½ Cm. langer Pfriem und eine Nähnadel, sämmtlich von Bronze; jetzt im
Kieler Museum. Die Nähnadel ist platt, 6 Cm. lang und hat das 1 Cm. lange Auge beinahe
in der Mitte. Vgl. No. 275 bei Worsaae: „Nordiske Oldsager.“

*) Der 6½ Cm. lange Pfriem, welcher kurz vor dem stumpfen Ende an beiden
Seiten gleichmässig eingekerbt ist, und die Ueberreste des Handgelenkrings(?) sind unter K
auf Tafel I. abgebildet.

## 12. Reisehoog.

6—8. September 1870.   Ausgeleert am 7. September 1870.

Dieser Hügel,*) circa 4,3 Meter hoch und 63 Meter im Umkreis, liegt eben nördlich vom Dorfe Braderup und gehört dem dortigen Einwohner Herrn Hans Peter Paulsen, welcher mir bereitwilligst die Untersuchung gestattete.

Bei früheren Hausbauten war an den Seiten des Hügels hier und da eine Schicht von der oberen Erde schräg abgestochen; doch die Kuppe war unverletzt, mit Haide bewachsen; und die übrig gebliebenen einzelnen Steine einer kreisförmigen Einfassung liessen den vormaligen Umfang deutlich erkennen. Der Hügel bestand meist aus dem gewöhnlichen gelben Sand; nach der östlichen Seite hin zeigte sich auch viel weisser Sand von dem benachbarten Weissen Kliff.

Innerhalb des alten Umkreises, an dem jetzigen Fuss des Hügels und zwar an der Südostseite, lag eine kleine Steinkiste offen, circa 1,2 Meter lang, 60 Cm. breit und 40 Cm. tief, welche bei den obgedachten früheren Abtragungen blossgelegt und im Inneren bereits mit Gras bewachsen war. Einige bräunliche nicht verzierte Urnenscherben, welche in der benachbarten Erdschicht vorkamen, mögen aus diesem Nebengrabe herstammen.

Ich liess an der Südostseite Bohrungen vornehmen, welche bald auf die Spur des Hauptgrabes führten. Dies lag etwa 5 Meter weiter einwärts als jenes Nebengrab, in der Richtung von Ost-Süd-Ost nach West-Nord-West und war zunächst mit einem Haufen von Handsteinen überdeckt, welcher sich nach allen Seiten hin abdachte und namentlich nach Osten zu weiter ausdehnte. Ueber dem Grabe lagen meistentheils mittlere, an den Seiten (wohl um dem Steinhaufen mehr Halt zu geben) grössere Steine. Nach Wegräumung der Steinschicht zeigte sich der Deckel, der aus sechs Steinen bestand. Nach West-Nord-West zu lagen zwei grössere, unten flache Steine von unregelmässiger Form, je 70 Cm. breit und 80 Cm. resp. 1,2 Meter lang. Dem folgte ein ziemlich rechteckiger Stein, 70 Cm. breit, 20 Cm. lang, 14 Cm. dick. Daran lehnten sich drei kleinere, unten flache Steine, circa 28 Cm. im Viereck gross.

Die sargförmige Steinkiste war 57 Cm. breit, oben 1,7 Meter und unten 2,3 Meter lang, indem der Schlussstein an der Ost-Süd-Ost-Seite schräg gestellt war. Die andere Schmalseite gegen West-Nord-West wurde gleichfalls durch einen, die beiden Langseiten durch je zwei grosse

---

*) Vom Reisehoog erzählt man eine Sage, dass dort Zwerge gewohnt haben; man hörte einmal, wie eine Zwergin ihr Kind in den Schlaf sang (Müllenhoff No. 411 S. 300). Viel passender würde diese Sage sich an den Gangbau des Denghoog knüpfen, der höchst wahrscheinlich als Wohnung gedient hat (vgl. den 29. Bericht der Schl.-Holst.-Lbg. Alterthums-Gesellschaft).

Steine gebildet. Die Tiefe bis zum Urboden betrug 60 Cm.; auf den Urboden aber war eine 15 Cm. dicke Schicht Sand aufgeschüttet und darauf wieder eine Schicht Rollsteine, von der Grösse eines Tauben- bis zu der eines Hühnereies. Auf den Rollsteinen mitten in der Steinkiste lagen verbrannte Gebeine, zwischen denen einige Holzkohlen sowie auch zwei Stücke einer zerbrochenen bronzenen Gewandnadel*) gefunden wurden. Von den Knochen und Steinen konnte man noch einzelne dünne braune Blättchen abheben, welche bei leisester Berührung zer- fielen; wahrscheinlich Baumrinde oder Bast, womit die verbrannten Ueberreste bei der Bestattung bedeckt worden sind.

## 13. Der nördliche Krockhoog.
### 9—12. September 1870.

Die Gruppe der Krockhooger, welche auf Gemeindeland nord- westlich vom Dorfe Kampen, unweit Kliffsende, also am Rande der alten Geest gegen die neuere Sandbildung (Listland) belegen ist, besteht aus sechs grossen Hügeln, von denen fünf wie im Kreise den grössten umgeben. Daneben liegen noch zwei kleinere Grabhügel und ein Lang- grab (Riesenbett).

Der nördlichste Hügel dieser Gruppe, an 4 Meter hoch, zeich- nete sich aus durch einen circa 80 Meter im Umfang haltenden Kranz von Steinblöcken, welche leider in den letzten Jahren fast sämmtlich von Steinhauern zerschlagen und weggeräumt sind. Auch oben auf der Südwestecke, ein paar Schritte von der Spitze, ragten zwei Granitblöcke aus der Erde hervor. Ich liess dieselben herausheben und darunter nachsuchen, jedoch ohne Resultat; sie dienten ohne Zweifel nur dazu, den Abhang zu befestigen. Dagegen führten Bohrungen in der Nähe bald auf die Spur des Grabes, welches etwas nach Westen gerückt lag.

Der Hügel war ausnahmsweise aus schwärzlichem Haidesand aufgeschüttet, zwischen dem man jedoch hin und wieder einen röthlich gelben Streifen bemerkte von jenem Sande, welcher hier den Urboden bildet und bei dem danach benannten Rothen Kliff zu Tage liegt. Zwischen der ausgeworfenen Erde fanden die Arbeiter ein 5 Cm. langes und 6 bis 8 Millimeter im Durchmesser haltendes verkohltes Stück von einem Ellern-(?)Zweig, das zum Theil noch mit der Rinde bekleidet war. Circa 1,7 Meter unter der Hügelspitze stiessen die Arbeiter auf einen 1,2 Meter hohen, spitz zulaufenden Steinhaufen, und nach Weg-

---

*) Abgebildet als Figur F auf Tafel I. Vollständig haben wir uns die Fibula mit zwei Spiralen wie No. 228 bei Worsaae: „Nordiske Oldsager" zu denken, wie denn ähn- liche später aus zwei Gräbern der Krockhooger-Gruppe (Protokoll Nr. 17 und 18) gleich- falls neben verbrannten Gebeinen zu Tage gefördert wurden.

räumung desselben wurde der grosse Deckstein freigelegt. Derselbe war aus sehr schieferigem grauen Gneis, von ganz unregelmässiger Form, mit tiefen Höhlungen und Rillen auf beiden Seiten, welche wahrscheinlich dadurch entstanden sind, dass man die zur Pflasterung der Steinkiste erforderlichen Steinplatten (Fliesen) absprengte. Durch wenige Stösse mit einer Eisenstange lösete einer der Arbeiter vor meinen Augen ganz ähnliche Platten von dem Deckstein los. Die Maasse waren folgende: grösste Dicke 21 Cm., grösste Länge von Nordwest nach Ost 2 Meter; grösste Breite unweit vom westlichen Ende 1,15 Meter, in der Mitte 70 Cm. und weiter nach dem östlichen Ende 57 Cm., bis der Stein zuletzt gegen Osten in eine Spitze verlief. Um die Lücken dieser unregelmässigen Form auszufüllen, hatte man an verschiedenen Stellen fünf, zum Theil unten abgeplattete mittelgrosse Steine an den Deckstein herangelehnt oder über denselben hinweggeschoben; doch erwies diese Maassregel sich als ungenügend, indem namentlich an der Nordseite fortwährend Feuchtigkeit hinabgerieselt war. Die sargförmige Steinkiste hatte die gerade Richtung von Ost nach West, bei 2 Meter Länge, 57 Cm. Breite, 28 Cm. Tiefe, und war aus sieben grossen Steinen erbaut, je zwei an den Langseiten, einer nach Westen und zwei etwas schräg gestellte nach Osten. Der eine Stein an der südlichen Langseite, welchen wir losbrechen mussten, um den Deckstein besser abwälzen zu können, war 70 Cm. lang, 43 Cm. breit und 28 Cm. dick. Der Boden der Steinkiste war mit Steinplatten gleichsam gepflastert, und diese Pflasterung, welche den Abfluss des hereintropfenden Wassers erschwerte, hatte die Zerstörung des Grabinhalts namentlich an der Nordseite sehr gefördert. Unter den Fliesen fand sich noch eine etwa 15 Cm. dicke Sandaufschüttung, ehe man den Urboden erreichte.

In der Steinkiste lag ein (unverbrannter) menschlicher Leichnam, mit dem Gesicht gegen Osten gewendet und auf eine Schicht von Geröllsteinen gebettet. Derselbe hielt im linken Arm ein Bronzeschwert, mit dem Griff nach oben.[*] Daneben lagen zwei bronzene Tutuli (Hütchen[**]). Ausserdem fanden sich am Kopfende einige Bruchstücke von einem dünnen Bronzering,[***] der grösstentheils in grünen Staub aufgelöset war. Die Leiche war mit Rinde, Bast und Geflecht aus Bastfäden bedeckt, vielleicht eingewickelt gewesen. Dazwischen erkannte man hin und wieder leere Wurmgehäuse. Die Bastgeflechte waren theilweise hellbraun, theilweise aber durch den Leichenmoder tief dunkelbraun gefärbt.[†] Die Bedeckung der Leiche zerfiel meistentheils sofort in

---

[*] Abgebildet als Figur I auf Tafel I, wozu auch die Figuren I a, I d und I e gehören.
[**] Abgebildet als Figur I b und I c.
[***] Vgl. die Abbildungen II und III.
[†] Vgl. die Abbildungen IV und V. Von dem letzteren rechteckigen und lockeren Geflechte sind nur ganz kleine Stücke übrig geblieben. Das andere, dichter und schräg geflochtene hat sich besser conservirt.

Staub. Ebenso war es mit den Gebeinen; doch liess die Lage der Rückenwirbelsäule, der Rippen und des Schädels sich deutlich erkennen. Die unteren Extremitäten waren ganz zerstört und die Aschenspur von der hineingefallenen Erde bedeckt, so dass es unmöglich war, die Körperlänge zu messen. Zwischen den Knochen, etwa in der Bauchgegend, lag ein 7½ Cm. langes bearbeitetes Stück Flintstein, etwa von der Form und Grösse eines Messergriffes.*) Sonst waren keinerlei Beigaben vorhanden.

Das Bronzeschwert ist von der gewöhnlichen Form, aber doch in vieler Beziehung merkwürdig. Der grösste Theil des Handgriffs bestand aus Holz, das unten halbmondförmig ausgeschnitten und mit vier Doppelnieten an der Klinge befestigt gewesen war. Oben auf den Holzgriff war ein Bronzeknopf gesetzt, dessen obere Fläche mit Bändern und concentrischen Kreisen geziert ist (Fig. Ia). Die ganze Länge des Schwertes betrug 74 Cm. und zwar die Klinge 63 Cm., der Knopf 4 Cm., der Holzgriff 7—8 Cm. Auf beiden Seiten der Klinge hafteten Ueberreste von einer geschnitzten hölzernen Scheide, die sich unter Einwirkung der frischen Luft bald wie Späne loslöseten.**) Das Holz des Handgriffs ebenso wie die benachbarten Knochen waren von dem Bronzerost grün gefärbt. Die Scheide hatte der Leichenmoder zum Theil tief dunkelbraun gebeizt, und die äussere Fläche glänzte anfangs wie Leder. Die beiden bronzenen Hütchen, 1½ Cm. hoch und 3½ Cm. im Durchmesser, mögen als Zierrath des Schwertriemens gedient haben.

---

Der Fund hat die grösste Aehnlichkeit mit dem Inhalt der Eichbaumsärge, welche in dem Kongshöi und dem Treenhöi, Kirchspiel Vamdrup, Jütland, ausgegraben und bei Madsen: „Afbildninger af Danske Oldsager og Mindesmärker" Heft 5 und 6 dargestellt sind. Besonders charakteristisch ist die Uebereinstimmung der geschnitzten hölzernen Schwertscheiden, von denen die eine aus dem Kongshöi, gleich der obigen auf beiden Seiten verziert, auch bei Lindenschmit: „Alterthümer unserer heidnischen Vorzeit" Bd. II Heft I Tafel 3 abgebildet ist. Meinerseits habe ich noch aus zwei anderen Hügeln derselben Gruppe (Protokoll No. 19 und 20) zwei Bronzeschwerter zu Tage gefördert, auf deren Klingen geschnitzte Holzspäne klebten. Aber in allen drei Fällen war nicht zu ersehen, wie die Späne mit einander zu einer wirklich brauchbaren Scheide verbunden gewesen. Fast möchte ich vermuthen, dass diese Schnitzereien nur als Grabgeschenke gedient haben und bei der Bestattung lose auf die Klinge gelegt sind (Prunkscheiden).

---

*) Abgebildet als Figur VI.

**) Figur I d stellt die Vorderseite, Figur I c die Rückseite dar. Ein weiterer 10 Cm. langer Holzspan mit eingeschnittenen Verzierungen, der nicht zur Scheide gehört, ist als Figur H abgebildet.

Desgleichen fand man in dem einen Sarg (A) des Treenhöi neben dem Bronzeschwert eine kleine Speerspitze von Flintstein, besonders an den Enden abgeschlissen und (nach der anscheinend in natürlicher Grösse ausgeführten Abbildung bei Madsen) reichlich 7½ Cm. lang. Der Uebergang von der Steinzeit zu dem sogenannten älteren Bronzealter wird durch eine solche Mischung von Grabgeschenken aus Metall und aus Flintstein auf das Unverkennbarste angedeutet.

## 14. Ein kleiner Grabhügel neben dem südöstlichen Krockhoog.
### 13. September 1870.

Dieser reichlich 1 Meter hohe Hügel von 37 Meter Umkreis erwies sich als bereits ausgegraben. Nur am westlichen Ende lag noch ein 1 Meter langer, 70 Cm. breiter und 28 Cm. dicker Deckstein in der ursprünglichen Lage. Die übrigen zwei oder drei Decksteine hatte man abgehoben und in die Steinkiste hineingestürzt, welche überhaupt nach Osten hin zerstört war. Unter den Steinen fand ich Scherben von einer bräunlichen Urne mit zwei Henkeln, ohne alle Verzierungen, und in der aufgeworfenen Erde ein löffelförmiges Schabmesser von Flintstein, ohne Handgriff, lang 5 Cm., breit 4½ Cm.*)

## 15. Der mittlere Krockhoog.
### 14—17. September 1870. Ausgeleert am 16. September 1870.

Dieser circa 5 Meter hohe Hügel, von 86 Meter Umfang, bestand aus dem gewöhnlichen gelben Sande, worin hier und da Spuren von Holzkohlen vorkamen. Da die Versuche mit dem Erdbohrer keinen Fingerzeig ergaben, so wurde der Stollen gerade von Süden hineingetrieben. Erst nach langer Arbeit erreichten wir die Grabstätte, welche in der Mitte, aber etwas nach Nordost gerückt, circa 3 Meter unter der Hügelspitze lag; ungefähr 13,7 Meter vom südlichen, 12,5 Meter vom westlichen und je 11,4 Meter vom östlichen resp. nördlichen Aussenrande. Nur eine meist einfache Lage von Handsteinen war oben aufgelegt, und nachdem diese entfernt waren, zeigte sich das grosse Steingrab, welches in gerader Richtung von Ost nach West erbaut war. Da die Decksteine nicht bewegt werden konnten, so wurde am östlichen Ende einer von den Tragsteinen ausgebrochen, und nachdem auch von dem benachbarten Tragstein an der südlichen Langseite eine kleine

---

*) Abgebildet als Figur C auf Tafel I. Vgl. No. 30 bei Worsaae: „Nordiske Oldsager."

Ecke weggehauen war, konnten wir in das Innere eindringen, wo drei
Personen ausreichend Raum hatten, sich gleichzeitig zu bewegen, zu
leuchten und aufzusammeln.

Die Verhältnisse der sargförmigen Steinkiste waren: Höhe vom
Fussboden ab 93 Cm., Breite im Lichten am östlichen Ende 121 Cm.,
am westlichen Ende 114 Cm., Länge circa 270 Cm. Die Langseiten
waren aus je zwei Steinen zusammengesetzt; nach Westen ein Stein,
nach Osten ein grösserer und der ausgebrochene kleinere Stein. Die
beiden Decksteine waren aus schönem Granit; der östliche, grössere
maass 228 Cm. Länge, 128 Cm. Breite und 43 Cm. Dicke; der westliche
war platter und kleiner, 128 Cm. lang, 86 Cm. breit, 28 Cm. dick.
Diese beiden Steine passten nach unten in der Mitte gut zusammen;
aber nach oben und nach den Seiten hin standen sie wegen der Un-
gleichmässigkeit und unregelmässigen Form von einander ab. Um diese
Lücke auszufüllen und zugleich die Decksteine zu stützen, hatte man
an beiden Langseiten zwei kleinere Steine• mitten unter dieselben eingeschoben. Ebenso am westlichen Ende, wo fünf kleinere Steine gleichsam eine Verkragung bildeten. Die Lücke auf der Oberfläche war mit
einer Schicht von ganz kleinen Geröllsteinen und bröckligen Granit-
platten ausgefüllt. Hier sowohl wie im Inneren waren die Steine aus-
gefugt mit Lehm, wie man denselben an dem benachbarten Rothen
Kliff findet, und es war deutlich zu erkennen, wie man die Fugen mit
den Fingern abgestrichen hatte. Der Fussboden war mit ganz kleinen
Fliesen und Geröllsteinen belegt, und darunter eine durchschnittlich
20 Cm. tiefe Sandaufschüttung über dem Urboden. Auch hier war die
Wirkung der von oben, namentlich an der Nordseite herabgerieselten
Feuchtigkeit zu bemerken.

In der Steinkiste lag ein (unverbrannter) menschlicher Leichnam,
gebettet auf hölzerne (Eichen-?) Bohlen, von denen man noch einige
circa 5 Cm. dicke und breite Stücke aufheben konnte; doch liess sich
die Länge, Zahl und Lage derselben nicht mehr feststellen. Am Holz
klebten unzählige leere Wurmhülsen. Am westlichen Ende war ein
platter rautenförmiger Stein, circa 30 Cm. im Quadrat, auf dem ein 4
bis 5 mal gewundener Fingerring von einfachem Golddrath, beinahe
2½ Cm. im Durchmesser,*) lag. Ohne Zweifel hatte der Kopf der
Leiche ursprünglich auf oder an demselben Stein gelehnt, mit dem
Gesicht nach Osten; er war aber seitwärts abgeglitten und lag jetzt
neben dem Stein, auf der rechten Schläfe, mit dem Gesicht nach Süden
gewendet. Diese Abgleitung war auch daraus abzunehmen, dass der

---

*) Abgebildet als Figur 2 auf Tafel I. Strenge genommen darf der Gegenstand
wohl nur als eine „Bewickelung von Golddrath" bezeichnet werden. Doch ist die Uebereinstimmung des Durchmessers zwischen diesem Stück und dem Bronzefingerring, je 23 Mm.,
zu beachten.

Kopf nicht mehr in der geraden Richtung der Wirbelsäule lag. Es gelang theilweise den Schädel und den Kinnbacken sammt einem losen Backenzahn aufzuheben. Sonst war das Knochengerüst so gut wie ganz verweset; aber die Aschenspur war deutlich zu erkennen und maass 2 Meter. Wenn man davon in Abzug bringt, was die veränderte Lage des Kopfes und die bei der Verwesung eingetretene Streckung der unteren Extremitäten betragen mag, so bleibt immerhin eine sehr ansehnliche Körperlänge, welche viel eher an die hochstämmigen Gestalten, wie man sie noch heutzutage in Nordfriesland sieht, erinnert, als an den zartgebauten Bewohner des Denghoog aus dem Steinalter.*) Einzelne Stücke von der Bedeckung oder Einwickelung des Leichnams (aus Bast oder Rinde) wurden gleichfalls aufgehoben.

Ausser dem obgedachten goldenen Fingerring fanden sich an Schmucksachen: in der Gegend des rechten Oberarms ein Armring von einem zusammengelötheten zwiefachen Golddrath, der eine länglich runde Biegung von resp. 7 Cm. und 10 Cm. Durchmesser hatte.**) In der Gegend der linken Hand ein bronzener Fingerring, inwendig platt, beinahe $2^1/_2$ Cm. im Durchmesser.***) In der Herzgegend die Ueberreste von zwei Gewandnadeln, nämlich zwei vergoldete und verzierte Bronzeplatten, nebst mehreren Stücken Bronzedrath.†)

Im linken Arm hatte der Todte einen bronzenen Dolch, lang $34^1/_2$ Cm., wo unter den zwei Doppelnieten Ueberreste von dem halbmondförmigen Ende des Holzgriffes erhalten waren. An der Klinge klebten auf beiden Seiten Ueberreste einer hölzernen, mit Lederriemen umwickelten Dolchscheide.††) Im rechten Arm lag ein bronzener Meissel, lang 17 Cm., wo in der einen Furche des Schaftes noch der Ueberrest des hölzernen Stiels klebte.†††) An demselben schien gleichfalls die Spur eines umgewickelten Lederriemens eingedrückt zu sein. Ob ein daneben gefundenes Stück Holz mit einem nicht ganz durchgebohrten Loch, welches einigermassen einem Vogelkopf ähnlich zugeschnitten ist,*†) vielleicht als Schuh für den Stiel des Meissels oder

---

*) Vgl. den 29. Bericht der Schl.-H.-L. Alterthums-Gesellschaft Seite 13.

**) Abgebildet als Figur 1.

***) Abgebildet als Figur 5.

†) Abgebildet als Figur 3 und 4. Die ganze Länge beträgt 11 Cm., die grösste Breite der Platten 1 Cm. Aus Nr. 229 bei Worsaae: „Nordiske Oldsager" und Lindenschmit: „Alterthümer unserer heidnischen Vorzeit" Bd. I Heft 9 Tafel 3 Figur 3 (Heftel von Jürgenshagen, Meklenburg) sind die vollständigen Formen solcher Gewandnadeln zu ersehen, wo die Platte auf beiden Enden in Spiralen verläuft.

††) Vgl. die Abbildung Figur 7. — Im Gegensatz zu den oben S. 13 besprochenen Prunkscheiden haben wir hier eine Scheide, die ohne Zweifel zum wirklichen alltäglichen Gebrauche gedient hat. Doch kann man aus den Ueberresten kein vollständiges klares Bild gewinnen. Zum Glück hat ein späterer Fund (Protokoll Nr. 27) die Lücke ausgefüllt.

†††) Abgebildet als Figur 6.

*†) Abgebildet als Figur 8.

wozu es sonst gedient haben mag, wage ich nicht zu entscheiden. Weiter waren keinerlei Beigaben vorhanden.

Im Einverständniss mit dem Gemeindevorsteher Herrn Cl. Möller habe ich dies merkwürdige Steingrab offen stehen lassen. Der Metallwerth beider Goldringe ist der Gemeinde mit 16 Thlr. 5 Sgr. 5 Pf. vergütet.

Nachträglich wurde am Rande des Stollens, an der Südostseite des Hügels, eine Urne mit verbrannten menschlichen Gebeinen innerhalb einer kleinen Steinsetzung entdeckt. Dieselbe stand kaum einen halben Fuss unter der Oberfläche und war vollständig von Haidewurzeln durchdrungen, auch aus der durch wiederholte Regengüsse stark angefeuchteten Erde nur stückweise loszumachen. Bei einer Durchsicht des Inhalts kamen keine Beigaben zum Vorschein.

## 16. Der westliche Krockhoog.
### 12—15. August 1871.

Dieser Hügel, circa 3,5 Meter hoch und 77 Meter im Umfang, wurde von Süden her ausgegraben. In einer Tiefe von 2 bis 3 Meter machten wir die Beobachtung, dass hier die Feuchtigkeit von oben noch stärker als bei den früher untersuchten Nachbarhügeln herabgerieselt war; an einzelnen Stellen war der gelbe Sand ganz schlammig geworden. Von dem Stollen aus wurden Bohrungen vorgenommen, welche auf das ziemlich nach Südost gerückte Steingrab führten. Unter einer dünnen Schicht von mittelgrossen und Handsteinen, welche mit dem Lehm vom Rothen Kliff zusammengeklebt waren, kamen die drei grossen Granitdecksteine zum Vorschein: der westliche breit 91 Cm., lang 177 Cm., dick 43 Cm.; der mittlere breit 67 Cm., lang 128 Cm., dick 24 Cm.; der östliche breit 96 Cm., lang 123 Cm., dick 54 Cm. Der mittlere Stein wurde aufgehoben, und wir gelangten auf diese Weise in das Innere der sargförmigen Steinkiste, deren Länge 246 Cm., die Breite 93 Cm., die Tiefe 69 Cm. betrug; die Richtung war von Ost-Süd-Ost nach West-Nord-West. Die Langseiten bestanden aus je zwei, die schmalen Seiten gegen Ost und West aus je einem Stein.

Bis auf (durchschnittlich) 10 Cm. war die Steinkiste mit stark durchfeuchtetem gelbem Sande aufgefüllt, den ich zuerst mit den Händen durchwühlte und dann vorsichtig herausschaufeln liess. Es wurden dabei weder Ueberreste von menschlichen Gebeinen noch irgend welche Beigaben zu Tage gefördert; ausser einigen Klumpen Lehm fanden sich nur einzelne Steine und Flintsteinbrocken, von denen aber keiner mit Sicherheit Spuren der Bearbeitung aufwies, resp. als rohes Geräth oder Abfallstück gelten konnte. Doch ist unzweifelhaft hier ein Leichnam beigesetzt gewesen; denn die schwärzlichen Streifen,*) welche sich durch die Sandauffüllung hindurchzogen, bezeugten die stattgefundene Verwesung. Unten dicht über dem Urboden war die Steinkiste mit einer circa 2 Cm. dicken Lehmschicht ausgelegt. Dieser Lehmboden, welcher noch mehr als die Steinpflasterung der Nachbarhügel den Abfluss der von oben durchsickernden Feuchtigkeit erschwerte, erklärt wohl zur Genüge, warum gerade hier die Verwesung so viel weiter fortgeschritten war. Denn es liegt sonst kein Grund vor zu der Annahme, dass gerade dieser westliche Hügel aus einer früheren Zeit herstammen sollte als seine nächsten Nachbarn. Der gänzliche Mangel an Grabgeschenken ist ein immerhin seltener, aber doch schon mehrfach beobachteter Fall.

## 17. Der südliche Krockhoog.
### 15. August 1871.

Dieser Hügel, circa 2,5 Meter hoch und 57 Meter im Umfang, enthielt einen nach Nordost gerückten rundlichen Steinbau von der ungefähren Gestalt eines Backofens, welcher einen Längendurchmesser von circa 180 Cm. hatte und circa 60 Cm. hoch war. Derselbe bedeckte eine kleine Steinkiste, im Inneren 65 Cm. lang, 40 Cm. breit, 33 Cm. tief. Darin lagen verbrannte menschliche Gebeine, in eine mit Steinen und Holzkohlen vermischte Erde gebettet, nebst zwei stark vom Rost angegriffenen bronzenen Schmucksachen. Nämlich:

1) ein Handgelenkring, aus einer runden, circa $\frac{1}{2}$ Cm. dicken Stange mit ziemlich spitzen Enden zusammengebogen, von circa 7 Cm. äusserem Durchmesser;**) und

2) eine mehrfach zerbrochene Gewandnadel mit zwei Spiralen wie Nr. 228 bei Worsaae: „Nordiske Oldsager"; ganze Länge 9 Cm., die eigentliche Nadel allein 8 Cm.***)

Ausserdem fand ich ein nur ganz roh zugehauenes löffelförmiges Schabmesser mit Handgriff aus Flintstein.†) Dasselbe ist $9\frac{1}{2}$ Cm. lang bei einer grössten Breite von $4\frac{1}{2}$ Cm. und steht dem Exemplar aus dem ersten Kolkhoog (Abbildung A auf Tafel I.) am nächsten.

---

*) „Auffallend schwarze Schichten" wurden auch in dem Hünengrabe bei Aabek (Aubek) am Apenrader Meerbusen beobachtet, wo als Grabgeschenk sich nur ein kleiner Steinhammer fand; vgl. Zeitschrift der Gesellschaft für die Geschichte von Schleswig-Holstein und Lauenburg Bd. II S. 62. Ein älteres Beispiel aus Trenthorst bei Preetz s. im I. Bericht der Schl.-H.-Lbg. Alterthums-Gesellschaft S. 27—29, wo die „fette Erde" (vgl. Nilsson's „Steinalter" S. 122) ausdrücklich erwähnt wird; dabei lag ein Feuersteindolch.

**) Abgebildet als Figur 1, Tafel II.

***) Abgebildet als Figur 2, Tafel II.

†) Abgebildet als Figur 3, Tafel II.

## 18. Ein kleiner Grabhügel zunächst dem westlichen Krockhoog.

18. August 1871.

Bei diesem circa 1½ Meter hohen und 43 Meter im Umfang haltenden Hügel war in der grösseren südlichen Hälfte die Erde sehr locker, und es fanden sich darin einige lose Urnenscherben von brauner Farbe. Danach ist eine vormalige theilweise und oberflächliche Durchwühlung anzunehmen. Jedoch das Hauptgrab, welches nach Süd-West-Süd unter einem circa 85 Cm. hohen Steinhügel verborgen lag, erwies sich als unberührt. Dies war eine 150 Cm. lange, 55 Cm. breite und 50 Cm. tiefe Steinkiste, welche in den Urboden hineingegraben und unten mit Steinen gepflastert war. Dieselbe bestand sonst aus mittelgrossen Steinen; aber als nördliche Längenwand hatte man bei der Anlage einen mächtigen Granitblock benutzt, der ohne Zweifel hier schon vorher tief in den Boden gewühlt gelegen hatte und 150 Cm. Länge, 60 Cm. Breite und an der bloss gelegten Seite 80 Cm. Dicke maass. Hier waren verbrannte menschliche Gebeine in eine mit Holzkohlen vermischte Erde gebettet; nebst zwei bronzenen Grabgeschenken, welche beide nach Westen hin lagen. Nämlich: 1) ein kleines Messer,*) an der Spitze und Schneide beschädigt, lang 7 Cm., ähnlich der Figur E auf Tafel I, nur dass der Stiel nicht rund, sonder flach und breiter ist. (Auch die Figur 163 bei Worsaae: „Nordiske Oldsager" ist, abgesehen von dem durchbrochenen Stiel, ziemlich ähnlich.)

2) eine zerbrochene Gewandnadel mit zwei Spiralen, lang 14 Cm., ähnlich wie Nr. 228 bei Worsaae; aber der Griff der eigentlichen Nadel zeigt (anstatt zwei) drei Absätze, und der obere gebogene Theil ist nicht rund, sondern flach, circa ½ Cm. breit, mit zwei Wellenlinien verziert.**)

In dem Steinhügel, welcher das Hauptgrab verdeckte, hatte man nachträglich gegen Ost-Nord-Ost dicht unter der Oberfläche eine bräunliche Todtenurne beigesetzt. Aber dieselbe war dermaassen von Haidekrautwurzeln durchwachsen und zertrümmert, dass nur einzelne Scherben geborgen werden konnten. Unter den verbrannten menschlichen Gebeinen wurden keinerlei Beigaben gefunden.

<hr>

## 19. Der nordöstliche Krockhoog.

18.—22 August 1871.

Dieser Hügel ist circa 4 Meter hoch und 66 Meter im Umkreis. Hier wurde zunächst eine Todtenurne ausgegraben, welche nicht weit

---

*) Abgebildet als Figur 4, Tafel II.
**) Abgebildet als Figur 5, Tafel II.

von der Hügelspitze am südlichen Abhange beigesetzt war. Dieselbe ist von brauner Farbe, krugförmig, 27 Cm. hoch, oben 12 Cm., unten 8 Cm. im Durchmesser, in der Mitte 80 Cm. im Umfang. An der einen Seite ist ein Stück ausgebrochen; an der anderen Seite sieht man anstatt des Henkels eine durch drei Eindrücke bezeichnete Erhöhung; sonst hat das Gefäss keinerlei Verzierungen. Neben den verbrannten menschlichen Gebeinen lag ein sichelförmiges eisernes Messer,*) dessen grösste Breite 3 Cm. und Länge 9½ Cm., die äussere Krümmung 15 Cm., die innere Krümmung 10 Cm. misst. Oberhalb und zur Seite der Urne lagen allerlei Splitter und abgesprengte Stücke von Flintstein.
(18. August 1871.)

Das Hauptgrab lag gegen Süd-West gerückt, unter einem 1½ Meter hohen Steinhügel. Nachdem derselbe weggeräumt war, kamen die vier Decksteine zum Vorschein: der östliche 88 Cm. lang, 43 Cm. breit, 10 Cm. dick; der zweite 97 Cm. lang, 80 Cm. breit, 28 Cm. dick; der dritte 126 Cm. lang, 72 Cm. breit, 14 Cm. dick; der westliche 112 Cm. lang, 71 Cm. breit, 17 Cm. dick; alle vier auf der unteren Seite ziemlich flach und von bröckligem Gestein. Diese Decksteine wurden aufgehoben und die sargförmige Steinkiste freigelegt, welche in der Richtung von West-Nord-West nach Ost-Süd-Ost aus neun Tragsteinen erbaut war; an der südlichen Langseite 4, an der nördlichen Langseite 3, nach Westen 1 Stein und nach Osten ein schräg gestellter Stein. Die Länge der Steinkiste betrug oben 240 Cm., unten 260 Cm.: die Breite am westlichen Ende 85 Cm., am östlichen Ende 60 Cm.; die ganze Tiefe bis zum Urboden 50 Cm. Auf dem Urboden war zunächst eine etwa 24 Cm. dicke Sandaufschüttung gemacht und darüber eine Lage von Geröllsteinen und Fliesen ausgebreitet. Nur eine Steinplatte, worauf der Oberkörper des Todten ruhte, zeichnete sich durch ihre Grösse aus, lang 90 Cm., breit 69 Cm., von unregelmässiger, 1 nglich runder Form.

Auf diese Pflasterung war ein (unverbrannter) menschlicher Leichnam gebettet, dessen Aschenspur 182 Cm. maass; der Kopf nach Westen, die Füsse nach Osten. Die Verwesung des Skeletts war weit fortgeschritten, so dass nur einzelne Theile des Schädels, der Beinröhrenknochen u. s. w. bewahrt werden konnten; das Uebrige zerfiel in Staub. An verschiedenen Stellen wurden Stücke Bast (Birkenbast) aufgehoben, und wahrscheinlich ist der ganze Leichnam damit bedeckt gewesen. Nördlich (links) vom Kopf lag ein Bronzemeissel,**) 20 Cm. lang, mit Ueberresten des hölzernen Stiels, welche zum Theil in den Furchen des Schaftes klebten. Die Schneide des Meissels war nach

---

*) Abgebildet als Figur 8, Tafel II.
**) Abgebildet als Figur 6 und 6a, Tafel II.

dem Kopfe hin gerichtet. Gleichfalls an der linken Seite schräg über der Brust lag ein Bronzeschwert,*) mit dem Griff nach oben; der Knopf reichte ungefähr bis an das Kinn. Dasselbe misst im Ganzen 61 Cm.; der Bronzegriff bis an das halbmondförmige Ende, das durch fünf Doppelnieten an die 4 Cm. breite Klinge befestigt ist, allein 10 Cm. Der länglich runde, mit einem desgl. Buckel in der Mitte versehene Knopf, resp. 5 und $4^{1}/_{2}$ Cm. im Durchmesser, und der hohle Griff sind reich verziert.**) Von der geschnitzten hölzernen Schwertscheide war nur die oben liegende Hälfte zum grossen Theil gut erhalten;***) beide Hälften scheinen gleichmässig längs der Langseiten mit je drei erhabenen Parallellinien eingefasst zu sein. (22. August 1871.)

## 20. Der südöstliche Krockhoog.
### 23.—25. August 1871.

Dieser Hügel ist circa 3,7 Meter hoch und 80 Meter im Umkreis. Gegen Süd-West-Süd, unter einer dünnen Schicht Steine lag die sargförmige Steinkiste, welche mit drei grossen abgespaltenen Steinen von unregelmässiger Form gedeckt war. Der westliche war 153 Cm. breit, 113 Cm. lang, 31 Cm. dick; der mittlere 67 Cm. breit, 124 Cm. lang, 31 Cm. dick; der östliche 75 Cm. breit, 105 Cm. lang, 36 Cm. dick. Die Lücken, welche diese grossen Decksteine offen liessen, waren mit mittelgrossen und Handsteinen ausgefüllt; aber die ganze Bedeckung hatte nur einen unzureichenden Schutz gegen das Durchrieseln der Feuchtigkeit gewährt. Die Steinkiste war in der Richtung von Nordwest nach Südost aus acht Tragsteinen erbaut, an den Langseiten je 3, an den Schmalseiten je einer; der gegen Osten ein wenig schräg gestellt. Die Länge betrug oben 257 Cm., unten 264 Cm.; die Breite am westlichen Ende 67 Cm., am östlichen Ende 52 Cm.; die ganze Tiefe bis zum Urboden 50 Cm. Auf dem Urboden war zunächst eine 20 Cm. dicke Sandaufschüttung gemacht, welche mit einer doppelten Pflasterung, unten von Handsteinen, oben von Geröll und kleinen Steinplatten, belegt war. Auf diese Pflasterung hatte man den (unverbrannten) menschlichen Leichnam gebettet und dann denselben zugedeckt mit einer Sandschicht, welche die Steinkiste bis auf 10 Cm. vom Rande ausfüllte. In dem namentlich gegen Westen hin stark durchfeuchteten Sande hatten sich durchaus keine Knochenreste erhalten; aber es fanden sich an verschiedenen Stellen Schichten von Knochenmehl, welche die vormalige Lage der Leiche bezeichneten, namentlich in der Gegend des Beckens.

---

*) Abgebildet als Figur 7, Tafel II.
**) Vgl. die Abbildungen 7a, 7b und 7c.
***) Abgebildet als Fig. 7d.

Dem Todten lag sein Bronzeschwert,*) in geschnitzter hölzerner Scheide mit bronzenem Ortband, zur nördlichen Seite; etwa in der Gegend des linken Arms. Der Schwertgriff war nach oben gerichtet. Weiter abwärts (östlich) lag das Ortband, das aber durchaus keine Holzreste enthielt. Von den beiden, gleichmässig längs der Langseiten mit drei erhabenen Parallellinien eingefassten Hälften der Holzscheide**) konnte die obere zum grössten, die untere zum kleineren Theil geborgen werden. Das Schwert misst im Ganzen 78 Cm., der Bronzegriff bis zu dem in Form eines maurischen Bogens***) gestalteten Ende, das durch vier Doppelnieten an die Klinge befestigt ist, allein 10 Cm. Der beinahe kreisförmige Knopf, 5¹/₂ Cm. im Durchmesser, hat einen desgl. Buckel in der Mitte und rings um denselben verbundene concentrische Kreise, welches Ornament durch vier erhabene fast kreisförmige concentrische Figuren und zwei dazwischen laufende Wellenlinien eingefasst ist. Der Griff ist hohl mit erhabenen Linien und vier länglichen Vertiefungen geziert.†) Die blattförmige Klinge misst oben 4 Cm. und weiter abwärts bis 5 Cm. Breite. Das Ortband††) ist geriffelt, 2 Cm. hoch, 4¹/₂ Cm. lang, von ovaler, nach oben hin verengerter Gestalt. Die Bronze war in dem feuchten Sande dieses Grabes viel stärker oxydirt als in dem nordöstlichen Krockhoog.

## 21. Das Langgrab (Riesenbett) bei den Krockhoogern.

### 26. August 1871.

Westwärts von dem nördlichen Krockhoog liegt ein Langgrab (Riesenbett), circa 34 Meter lang, 8¹/₂ Meter breit und 2 Meter hoch, in der Richtung von Ost-Süd-Ost nach West-Nord-West. Dasselbe wurde der ganzen Länge nach mit dem Erdbohrer untersucht, und es ergab sich, dass darin nur eine einzige Grabstätte unweit von dem südöstlichen Ende verborgen lag. Nachdem dieselbe freigelegt war, zeigte sich ein rundlicher Steinbau von der ungefähren Gestalt eines Backofens, 130 Cm. hoch, 260 Cm. lang und 140 Cm. breit. Darin war dicht unter der Oberfläche eine von Ost nach West gerichtete Steinkiste, 150 Cm. lang, 50 Cm. breit und etwa ebenso tief, welche sich jedoch als früher eröffnet und ausgeleert erwies. Einige mittelgrosse

---

*) Abgebildet als Figur 9, Tafel II.

**) Vgl. die Abbildungen 9d und 9e.

***) Aehnlich an den Figuren 123 und 125 bei Worsaae: „Nordiske Oldsager."

†) Vgl. die Abbildungen 9a, 9b und 9c.

††) Abgebildet als Figur 9f. Nach den einander gegenüber liegenden Löchern zu schliessen, ist das Ortband früher mit einem einzigen durchgehenden bronzenen Stift befestigt gewesen. Vgl. die ähnliche Figur 120b bei Worsaae: „Nordiske Oldsager."

Steine, die als Deckel gedient haben mögen, lagen zur Seite. Die Höhlung war mit Erde gefüllt, und obwohl ich die Steine noch ein ziemliches Stück tiefer herausbrechen liess, wurde nicht das geringste gefunden.

## 22 und 23. Zwei Stapelhooger.*)
### 31. August bis 5. September 1871.

Die Stapelhooger auf der östlich vom Dorfe Kampen belegenen und längst aufgetheilten Haidefläche sind meistentheils schon früher durchwühlt worden; und dasselbe gilt von den benachbarten Riesenbetten (Börder). Unter den letzteren ist am bemerkenswerthesten das mitten in einem Ackerfeld belegene Riesenbett, mit einem halbversunkenen mächtigen Deckstein von circa 3,4 Meter Länge, 1,4 Meter Breite und 1,15 Meter Dicke.

Der grösste Stapelhoog erscheint durch eine von der früheren Ausgrabung herrührende tiefe Furche gleichsam mitten durchgespalten. Wie ein Einwohner des Dorfes erzählte, soll damals bei Lebzeiten seines Grossvaters ein Bronzeschwert zu Tage gefördert sein.

22. Fuss an Fuss neben diesem Hügel erhebt sich ein zweiter, von circa 3,7 Meter Höhe, so dass die beiden wie Zwillinge gepaart zusammenstehen. Letzterer erwies sich durch seine wohlabgerundete steile Form und glatten Haidewuchs als ganz unverletzt, und so liess ich nach eingeholter Erlaubniss des Besitzers die Ausgrabung vornehmen. Es wurden zunächst an zwei Stellen des südlichen Abhangs beigesetzte bräunliche Todtenurnen gefunden, welche jedoch durch die Haidewurzeln ganz und gar zersprengt waren und neben den Gebeinen keinerlei Grabgeschenke enthielten. Schon 1 Meter unter der Oberfläche stiessen wir auf mittelgrosse Steine, von denen eine Lage offenbar absichtlich oben auf gelegt war. Alsdann folgten Steine von verschiedener Grösse, meistentheils Handsteine; und weitere viertägige Nachgrabungen stellten endlich heraus, dass der Hügel überhaupt nichts weiter verbarg als einen ohne irgend welchen Hohlraum aufgeschichteten Steinhaufen von circa 2,6 Meter Höhe, dessen Inhalt von den Fuhrleuten auf funfzig Wagenladungen geschätzt wurde.

23. Ganz übereinstimmend war das Ergebniss bei einem kleineren, weiter nordwärts belegenen Hügel von 2,3 Meter Höhe; nur dass hier die Steine in Schichten von Sand und Lehm gebettet und dadurch mit einander verbunden waren. Die Erdschicht über dem Steinhaufen

---

*) Vgl. den Aufsatz: „Malhügel am hohen Ufer der Elbe und des Wattenmeers" in der Zeitschrift der Gesellschaft für die Geschichte von Schleswig-Holstein und Lauenburg Bd. III. S. 41 u. ff.

war 60—85 Cm. dick. Unweit der Hügelspitze wurden Scherben einer bräunlichen Urne gefunden.

## 24. Ein zweiter Turndälhoog.
### 6.—8. September 1871.

Der Einwohner Niels Berg Möller in Kampen stellte mir den auf seiner Haidekoppel belegenen Hügel zur Verfügung. Derselbe ist einer der grössten, vielleicht der grösste von der Gruppe der Turndälhooger, reichlich 3 Meter hoch und 64 Meter im Umkreis. Auf der Spitze des Hügels fanden die Arbeiter ein paar vereinzelte schwarzbraune Scherben, welche von einer früher ausgegrabenen und zerbrochenen Todtenurne herzurühren scheinen.

Das eigentliche Hauptgrab lag gegen Osten gerückt und war mit einer Steinschicht von circa 1 Meter Dicke bedeckt und umgeben. An der Süd-Süd-Ost-Seite dieses Steinhaufens wurden, neben einem verwitterten länglich viereckigen Klumpen Mergel, mehre Grabgeschenke gefunden, welche ohne Zweifel gleichzeitig, unmittelbar nach der Bestattung, zwischen die Steine geschoben und eingeklemmt sind. Nämlich:

1) Eine sehr abgeschlissene Flintstein-Säge, etwas gekrümmt, lang 7½ Cm.*)

2) Bruchstück von einem kleinen Bronzemesser der gewöhnlichen Form mit Drathgriff,**) lang 4 Cm.

3) Ein zerbrochenes unvollständiges Bronzeschwert***) nebst geringfügigen Spuren von der hölzernen Scheide. Der 10½ Cm. lange Griff, dessen halbmondförmiges Ende mit sechs Doppelnieten an die Klinge befestigt, im Uebrigen der Figur 127 bei Worsaae ziemlich ähnlich ist, wurde erst bei der Aufgrabung durch einen Spatenstich abgestossen. Die beiden oberen Bruchstücke, zusammen 55 Cm. lang, passen daher noch aneinander und sind wohl erhalten. Dagegen von dem unteren Theil der Klinge war nur ein kleines Stück übrig geblieben. Im Ganzen mag diese Waffe circa 70 Cm. lang gewesen sein. So viel ist mit Sicherheit anzunehmen, dass das Bronzeschwert, als es zum Grabgeschenk verwendet wurde, in gutem Stande war. Der untere schwächere Theil der Klinge mag vielleicht schon, als man ihn zwischen die Steine hineinbohrte, geknickt und zerbrochen sein, so dass er nachher den Zerstörungen des Rostes weniger Widerstand zu leisten vermochte. (7. September 1871.)

---

*) Abgebildet als Figur 10, Tafel II.
**) Abgebildet als Figur 11, Tafel II.
***) Abgebildet als Figur 12, Tafel II. Vgl. die Abbildungen der Details 12a—d.

Der Steinhaufen wurde weggeräumt und der einzige grosse
Deckstein blossgelegt, von schieferigem grauem Gneis, lang 220 Cm.,
breit 150 Cm., dick an der Südseite 85 Cm., während die Nordseite
fast scharf abgeschrägt war. Dieser Deckstein scheint von Süd - Ost
herangewälzt zu sein und mag zuletzt auf zwei aufrechtstehenden mittelgrossen Steinen gelehnt haben, welche noch neben der südöstlichen Ecke
des Grabes standen. Aber die Bauleute hatten das Gewicht desselben
nicht gehörig ermessen, und so waren bei der Aufwälzung zwei Tragsteine der südlichen Wand ausgewichen und in das Grab hineingestürzt.
Um an den verschütteten Inhalt des Grabes zu gelangen, musste also
zunächst der Deckstein, den wir im Ganzen nicht heben konnten, mit
schweren Eisenhämmern zerschlagen und stückweise weggeräumt, dann
auch die umgestürzten Träger, von denen der eine 1 Meter lang, 80 Cm.
breit, 35 Cm. dick war, aufgehoben werden.

Die in der Richtung von Ost nach West erbaute sargförmige
Steinkiste bestand aus acht Tragsteinen, an den Langseiten je drei, an
den Schmalseiten gegen Ost und West je einer, welche letztere beide
sehr schräg gestellt waren. Die Fugen zwischen den Steinen waren
mit kleinen Fliesen ausgesetzt. Die Länge betrug oben 190 Cm., unten
260 Cm., die Breite am westlichen Ende 135 Cm., in der Mitte 110 Cm.,
am östlichen Ende 80 Cm.; die Tiefe bis zum Urboden 120 Cm. Die
ganze Steinkiste war mit feuchtem Sande gefüllt, und darin wurde trotz
der sorgfältigsten Nachsuchungen nichts weiter gefunden als ein an der
Schneide geschliffener Keil von schwärzlichem Flintstein, lang 11 Cm.,
breit 3—4 Cm., dick 1 Cm.,*) nebst mehren Brocken eines zerschlage-
nen grossen Flintsteinblocks. Dagegen kamen weder menschliche
Ueberreste noch irgend welche Spuren der Verwesung (schwärzliche
Streifen u. dgl.) zum Vorschein. Das erklärt sich aus den Verhält-
nissen: der Leichnam ist offenbar von den einstürzenden Tragsteinen
gequetscht und dadurch die Verwesung beschleunigt. Und falls wirklich schwärzliche Streifen im Sande erhalten blieben, so war es unver-
meidlich, dass dieselben bei der so schwierigen Eröffnung des Grabes
vollständig verwischt wurden. Ueberdies können die sowohl innerhalb
wie ausserhalb gefundenen Grabgeschenke als Beweis gelten, dass die
Steinkiste wirklich einen Todten barg. (8. September 1871.)

---

Eigenthümlich und schwer zu erklären bleibt die Niederlegung
von Grabgeschenken ausserhalb der Steinkiste. Man könnte vermuthen,
dass die Leidtragenden, welche diese Gaben brachten, zu spät kamen,
als der Deckstein schon aufgewälzt war, und dass sie daher sich be-
gnügen mussten, ihre Geschenke in den Steinhügel zu schieben. Aber

---

*) Abgebildet als Figur 13, Tafel II.

andererseits ist nicht wohl anzunehmen, dass geladene Gäste bei der Todtenfeier sich verspäteten; ebensowenig dass man den Steinhügel ohne Erdüberschüttung stehen liess, bis etwa abwesende Verwandte aus ungewisser Ferne heimkehrten, um dem Todten ihre Verehrung zu bezeugen. Viel grössere Wahrscheinlichkeit hat eine andere Erklärung. Die Flintsteinsäge neben dem Bronzeschwert und Bronzemesser deutet auf die sogenannte ältere Bronzezeit hin, also auf eine Periode, wo die metallenen Waffen erst kürzlich eingeführt, den Eingeborenen noch fremdartig und zum Theil gar unheimlich gewesen sein mögen. Vielleicht war der Todte selbst ein strenger Anhänger der alten Sitte und den Neuerungen, welche die fremden Kaufleute ins Land brachten, abgeneigt. Man beschränkte sich also darauf, ihm die heimathliche altgewohnte steinerne Axt (Keil) ins Grab zu legen. Aber darum sollten die kostbaren Bronzesachen, welche ihm nach Stand und Reichthum gebührten, dem Todten nicht vorenthalten bleiben; und als der Steinhügel aufgehäuft wurde, schob man dieselben zwischen die Steine.

Wenn man die letztere Erklärung gelten lassen will, so könnte man folgern, dass dieser Turndälhoog weiter zurückreicht als die Krockhooger, wo etwaige derartige Vorurtheile gegen die Bronze schon überwunden waren.

## 25. Ein vereinzelter, nordöstlich von Kampen belegener Hügel.

### 9. September 1871.

Der Einwohner Peter Hörlok in Kampen stellte mir den vereinzelten Hügel auf seiner Haidekoppel, welcher nördlich von den Stapelhoogern und nordöstlich vom Dorfe Kampen unweit vom Rande des Kliffs belegen ist, zur Verfügung. Dieser Hügel ist circa 2,3 Meter hoch und 47 Meter im Umkreis.

Das Grab war mit einem circa 60 Cm. hohen Haufen von Flintsteinbrocken, Geröll- und Handsteinen bedeckt. Dazwischen lag ein feinkörniger rother Sandstein von unregelmässiger Gestalt, 15 Cm. lang, bis 10 Cm. breit und 8 Cm. dick, dessen glatt geschliffene Oberfläche offenbar als Schleifstein gedient hat. Die in der Richtung von Nord-West nach Süd-Ost erbaute sargförmige Steinkiste bestand aus fast lauter abgespaltenen mittelgrossen und nicht sehr dicken Steinplatten. Neun dienten als Träger, und sechs bildeten den Deckel, von denen die letzte (gegen Nord-West) in die Steinkiste hineingesunken war. An den Schmalseiten gegen Süd-Ost und Nord-West stand je ein Träger; die südliche Langseite bestand aus vier, die nördliche aus drei Tragsteinen; letztere war daher etwas kürzer, und um diesen Unterschied auszugleichen, hatte man den Träger, welcher die südöstliche Schmalseite bildete, in schiefer Richtung gestellt. Inwendig war die Steinkiste 210 Cm. lang, 65 Cm. breit und 60 Cm. tief; mit Sand aufgefüllt, und auf dem Urboden mit kleinen Fliesen und Steinen gepflastert. In der mit vielem Geröll vermischten feuchten Sandauffüllung wurden verbrannte menschliche Gebeine gefunden, und ausserdem folgende Grabgeschenke:

1) ein sehr hübsch bearbeitetes löffelförmiges Schabmesser von Flintstein, mit sehr kurzem Stiel, lang 4½ Cm., grösste Breite ebensoviel; *)

2) ein ähnliches roheres Stück mit Stiel, lang 6 Cm., grösste Breite 3½ Cm.;**) und

3) ein zerbrochenes kleines Bronzemesser von der gewöhnlichen Form, lang 7½ Cm.***)

Durch diesen Fund sowohl wie durch den Fund im südlichen Krockhoog (s. oben S. 18) ist der fortwährende Gebrauch der löffelförmigen Flintstein-Schabmesser, die man wohl kurz als Austernmesser bezeichnen darf, noch für das spätere Bronzealter oder die Periode des Leichenbrandes mit Sicherheit constatirt. †)

## 26. Der grosse Brönshoog.

13. August bis 4. September 1872.

Dieser Hügel, welcher alle anderen auf der Insel durch seine Höhe und seine Masse übertrifft, liegt unmittelbar südlich neben dem Leuchtthurm von Kampen, innerhalb der Gartenmauer. Dadurch wurde die Arbeit sehr erschwert und in die Länge gezogen, indem die ausgegrabene Erde, um das anliegende Gartenland des Feuermeisters nicht zu beschädigen, sämmtlich nach der südöstlichen und südlichen Seite hinausgeworfen werden musste; und dies wurde selbstverständlich immer schwieriger und langwieriger, je weiter wir in den Kern des Hügels eindrangen. Die Hauptmasse bestand aus grauer sandiger Ackererde,

---

*) Abgebildet als Figur 14, Tafel II.

**) Abgebildet als Figur 15, Tafel II.

***) Abgebildet als Figur 16, Tafel II.

†) Vgl. die Anmerkung bei Protokoll Nr. 4 (erster Kolkhoog), s. oben S. 4. Auch bei den Feuerstätten und Küchenabfällen der Bronzezeit, welche Herr Zinck in der Samsingerbank bei Kallundborg auf Seeland entdeckt hat, wurden unmittelbar neben Bronzeresten drei (löffelförmige) Schabmesser und mehrere andere rohe Geräthe von Flintstein gefunden; und es scheint keinem Zweifel zu unterliegen, dass dieselben bei den dortigen Mahlzeiten gebraucht, resp. weggeworfen oder verloren sind. Vgl. Aarböger for Nordisk Oldkyndighed og Historie, Jahrgang 1871, S. 74—82, und Correspondenzblatt der deutschen Gesellschaft für Anthropologie, Ethnologie und Urgeschichte, Jahrgang 1872, S. 12—13 und 37—39.

während eine sehr feste, stark mit Geröll vermischte Schicht gelben Sandes oben auf lag, unmittelbar unter dem Haidewuchs. Hin und wieder waren auch andere Erdarten, weisser Sand u. dgl. beigemischt.

Die ursprüngliche Höhe des Hügels betrug wohl reichlich 6½ Meter, der Durchmesser von Ost nach West 34 Meter, wonach der Umfang auf 108 Meter zu berechnen ist.*) Aber die Gestalt desselben hat durch wiederholte Abgrabungen ihre ursprünglichen schön abgerundeten Formen eingebüsst. Vor circa 15 Jahren liess der damalige Feuermeister auf der Spitze des Hügels eine kleine, circa sechs Schritt breite und 12 Schritt lange Gartenanlage ausebenen, welche auf der Nord-, West- und Südseite mit einem Erdwall umgeben wurde; nach Osten hin blieb dieselbe geöffnet, so dass man die Aussicht auf das Wattenmeer behielt. Der eine von meinen Tagelöhnern hatte bei dieser Anlage mitgearbeitet.

Die Ausgrabung begann am südöstlichen Abhange, und hier wurden allmählich drei krugförmige Todtenurnen von bräunlicher Farbe entdeckt, welche kaum ½ Meter tief beigesetzt waren, von denen aber nur Scherben zu Tage gefördert werden konnten. Zwischen den verbrannten menschlichen Gebeinen fanden sich keinerlei Grabgeschenke. Die eine Urne war ohne jede Verzierung. Die zweite zeigte oberhalb der Ausbauchung ringsum zwei parallele Linien. Die dritte hatte am Halse eine von ovalen Nägeleindrücken begleitete Linie, die an beiden Seiten des blinden Oehrs rechtwinklig aufwärts nach dem Rande zulief.

Da Bohrungen von der Oberfläche abwärts bei den grossen Dimensionen des Hügels keine Resultate ergeben konnten, so wurde zunächst am südöstlichen Abhange eine tiefe trichterförmige Grube gegraben. Von hier aus fühlten wir mit dem Erdbohrer weiter einwärts Steine, und indem wir der Richtung folgten, stiessen wir noch innerhalb des südöstlichen Viertels auf einen ziemlich grossen Steinhaufen, in dem sich jedoch gar kein Hohlraum vorfand. Wir drangen darauf bis über die Mitte hinaus in nordwestlicher Richtung vor. Und hier ergab sich zunächst eine sehr interessante Beobachtung. Jene Abgrabung der Hügelspitze behufs der Gartenanlage ist nicht die erste gewesen, sondern man hatte schon früher bis zu einer Tiefe von circa 2 Meter eingegraben und die Höhlung nachträglich wieder ausgefüllt. Die verschiedenen Erdschichten stachen an Farbe scharf von einander ab, und aus der Lage derselben ergab sich, dass die Grube von einer krater- oder kesselförmigen Gestalt gewesen war. Diese Grube war mit einer circa 1½ Cm. dicken Thonschicht regelmässig ringsum ausgeschlagen. Hatte schon vorher viel Feuchtigkeit sich gezeigt, so nahm dieselbe unterhalb der Thonschicht

---

*) Herr C. P. Hansen in Falck's Archiv für Geschichte, Statistik etc. von Schleswig-Holstein IV. Jahrgang S. 65 gibt an: 26 Fuss senkrechte Höhe, ungefähr 120 Fuss Durchmesser und am Fusse reichlich 400 Fuss Umfang.

noch mehr zu. Der Sand war zum Theil vollständig mit Wasser gesättigt wie ein loser Teig. Da die Arbeit hierdurch sehr erschwert wurde und die Seitenwände theilweise nachstürzten, so beschloss ich, die Grube einige Tage behufs Abdunstung offen stehen zu lassen und inzwischen den sogenannten kleinen Brönshoog in Angriff zu nehmen.

Woher nun diese ganz ausserordentliche Ansammlung von Feuchtigkeit? Dieselbe lässt sich nicht wie bei dem westlichen Krockhoog (s. oben S. 17) ausreichend als herabgerieseltes Regenwasser erklären. Vielmehr führt die obgedachte, mit einer Thonschicht ausgelegte kesselförmige Grube zu einer Vermuthung, die zugleich den Namen des Hügels erklären würde. Ich möchte nämlich den „grossen Brönshoog" als den „grossen Brunnenhügel" deuten.*) Bevor man in Braderup und Kampen die tiefen Brunnen grub, musste man sich mit Cisternen behelfen, worin das Regenwasser aufgefangen wurde,**) und es ist nicht unwahrscheinlich, dass man eine solche in der ausgehöhlten Hügelspitze anlegte. Die Thonschicht sollte das Durchsickern des Wassers verhindern, hat sich aber als unzureichend erwiesen. Später

---

*) Ich verkenne nicht, dass dieser Deutung etymologische Bedenken entgegenstehen, wenn die gegenwärtige Form des Hügelnamens unanfechtbar wäre. Aber andererseits kann nicht zweifelhaft sein, dass die Hügelnamen im Laufe der Zeit vielfach entstellt und unverständlich geworden sind. Heutzutage ist im Nordfriesischen wie im Plattdeutschen „Sood (Suas)" das gewöhnliche Wort; aber „Brunnen (Born," dänisch „Brönd") ist ebensowohl vorhanden. Beide Wörter, „Brunnen" von „brennen" wie „Sood" von „sieden" abgeleitet, entsprechen der Vorstellung eines warmen Sprudels; Grimm, deutsches Wörterbuch. Auf den Halligen werden die Cisternen „Fethinge" genannt.

In Camerer's „Nordischen Beiträgen zum Wachsthum der Naturkunde und der Wissenschaften und Künste überhaupt" (Altona 1757) Bd. I, 2. S. 130 heisst es: „Zwischen Kampen und Braderup auf Sylt stehen zwei Hügel nicht weit von einander. Sie sind von einer ungewöhnlichen Grösse, welche Prunkenberge genannt werden. Man glaubet insgemein, dass in diesen Bergen ein grosser General mit seiner Gemahlin begraben sei." Sowohl die Ortsbezeichnung wie die Beschreibung würde auf die beiden Brönshooger passen, die in der Mitte zwischen den drei Norddörfern liegen und alle Hügel auf der Norderhaide überragen. Jetzt ist der Name Prunkenberge auf Sylt ganz unbekannt. Man kann denselben nur als eine (plattdeutsche) Uebersetzung des friesischen Namens ansehen; „Barg" statt „Hoog", und in dem ersten Theil könnte sich der „Brunnen" oder das „Brunneken" verstecken.

**) Das Dorf Kampen liegt circa 80 bis 90 Fuss über dem Meeresspiegel und hatte bis zum Jahre 1847 keinen ordentlichen Brunnen, sondern nur alterthümliche Cisternen oder Regenwasser-Behälter, daher oft Wassermangel. Vgl. Hansen: „Friesische Sagen und Erzählungen" (Altona 1858) S. 143. Die neuen Brunnen sind ganz ungemein tief, z. B. der am Leuchtthurm 93 Fuss; vgl. Mittheilungen des Vereins nördlich der Elbe für Verbreitung naturwissenschaftlicher Kenntnisse, Jahrgang 1861, S. 75. In Braderup wurde zuerst im Jahre 1834 ein 76 Fuss tiefer Brunnen gegraben; vgl. Hansen in Falck's Archiv Bd IV. S. 42.

Nordwestlich von Kampen zeigt man eine durch einen Wall (Föhringwall) abgedämmte Wasserstelle. Eine Ueberlieferung erzählt, dass vormals hier die Föhringer und Amrumer zu rasten pflegten, wenn sie auf dem alten Heerwege, Riper Stieg genannt, nach der Stadt Ripen reiseten. Vgl. Hansen a. a. O. S. 14—15, 43.

ward die Hügelcisterne vernachlässigt und wieder verschüttet. Die Bedeutung des Hügelnamens gerieth in Vergessenheit, und die Sage*) suchte denselben anderweitig zu erklären. Es muss noch bemerkt werden, dass in der Höhe der Thonschicht eine moderne hartgebrannte Thonscherbe, auswendig braun, inwendig gelb, zu Tage kam.

Unterhalb der Thonschicht stiessen die Arbeiter auf einen mittelgrossen Stein, unter dem ein guter Spaten voll von kleinen Stücken Holzkohle lag. Möglicherweise eine Feuerstelle, die während des Hügelbaues einmal benutzt und dann mit dem Steine verdeckt ist. Doch zeigten sich in der Umgebung des Steins weder irgend welche Geräthschaften noch Küchenabfälle. Auch sonst wurden hin und wieder zwischen der Erde des Hügels Stücke Holzkohle gefunden.

(21. August 1872.)

Unterhalb des feuchten Sandes hatten wir mit dem Erdbohrer einen ziemlich flachen Steinhügel von beträchtlicher Ausdehnung ermittelt, und ich hoffte daselbst das Hauptgrab anzutreffen. Jedoch nachdem die Ausgrabung wieder aufgenommen war, zeigte sich, dass hier, etwas nordwestlich über die Mitte des Hügels hinaus, ein zweiter unregelmässiger Steinhaufen auf dem Urboden lag, der (gleich jenem im südöstlichen Viertel) durchaus keinen Hohlraum enthielt. Als von dieser fast 6 Meter tiefen Grube aus Bohrungen angestellt wurden, stiessen wir in südlicher Richtung auf Steinmassen, und ich beschloss daher die Ausgrabung nach dieser Seite hin fortzusetzen. Zu dem Ende musste nochmals ein bedeutendes Stück von dem Hügel abgestochen werden, bis wir endlich das im südwestlichen Viertel belegene Hauptgrab blosslegten. Nachdem einige Schichten Handsteine abgeräumt und der einzige 87 Cm. lange, 75 Cm. breite und 25 Cm. dicke Deckstein aufgehoben war, zeigte sich eine aus acht mittelgrossen Trägern erbaute Grabstätte, lang 72 Cm. und ebenso breit, deren Form zwischen Quadrat und Kreis die Mitte hielt. Dieselbe war mit Sand aufgefüllt, und mitten darin lag ein verweseter menschlicher Schädel,

---

*) Der Sage nach ist der Gurt (grosse) Brönshoog das Grabmal des Königs Bröns, dessen Leichnam auf einem goldenen Wagen sitzend bestattet wurde. In dem benachbarten Litj (kleinen) Brönshoog ruht der Sohn desselben Königs, und im Hündshoog sein Lieblingshund. Soweit mir bekannt, ist diese Sage von Herrn C. P. Hansen zuerst in Müllenhoff's Sagen Nr. 501, S. 373 veröffentlicht, nachmals ausführlicher in den „Friesischen Sagen und Erzählungen" S. 162—182. Eine andere Sage erzählt: Als einst habsüchtige Leute in dem grossen Hügel wühlten, um den goldenen Wagen zu rauben, da theilte König Bröns unsichtbar den Schatzgräbern so viele Ohrfeigen aus, dass sie sich unter einander entzweiten, denn jeder glaubte, der Genosse habe ihn geohrfeigt. So kam es zu einer erbitterten Schlägerei, in der alle ihren Tod fanden. Vgl. Itzehoer Nachrichten Jahrgang 1872, Nr. 96 u. 103.

von dem nur kleine Stücke der Hirnschaale aufgehoben werden konnten. Die unteren Partien waren ganz vergangen; es wurden keine Zähne gefunden. Es kann nach sorgfältigster Beobachtung kein Zweifel sein, dass nur ein abgetrennter Kopf, auf das linke Ohr gelegt, hier bestattet war; auch waren durchaus keine Grabgeschenke beigefügt. Bei vollständiger Ausräumung der Grabstätte fand sich in der Tiefe von 25 Cm. die gewöhnliche Lage von Steinplatten, und darunter eine 50 Cm. dicke Sandschicht, die auf den Urboden aufgeschüttet war. An diese Grabstätte war nach Osten hin eine rechteckige Verlängerung angebaut, aus vier kleineren Steinen an der Nordseite, zwei Steinen an der südlichen und einem Stein an der östlichen Seite, die aber nicht zu einer Bestattung verwendet noch mit Decksteinen verschlossen gewesen ist. Nimmt man das Ganze zusammen, so ergab sich die ungefähre Gestalt einer in der Richtung von Ost nach West erbauten, circa 195 Cm. langen, am westlichen Ende 72, am östlichen Ende 57 Cm. breiten Steinkammer, welche also mit den Begräbnissen der älteren Bronzezeit übereinstimmt, nur dass ungewöhnlich viele und kleine Steine zum Bau verwendet sind.

Hier eröffnet sich ein weiter Spielraum für Vermuthungen. Am wahrscheinlichsten erscheint es, dass ein Häuptling auf der Heerfahrt in der Fremde umkam. Die Gefolgsgenossen bestatteten dort den Leichnam mit den üblichen Ehren; aber das abgetrennte Haupt nahmen sie mit sich, um es in der Heimath zu begraben.*) Der gänzliche Mangel an Grabgeschenken erklärt sich in diesem Falle vielleicht daher, dass man dieselben schon dem Leichnam beigegeben hatte; und zu dem Kopf würde auch nur ein Kopfschmuck gepasst haben. Die herkömmliche sargförmige Steinkiste ward angedeutet; aber man theilte das westliche Kopfende ab, das allein wirklich gebraucht wurde, und verschloss nur dieses mit einem Deckel. Vielleicht sind auch die beiden Steinhaufen ohne Hohlraum zum Gedächtniss für Kriegsgefährten aufgerichtet, die auf demselben Heerzuge gefallen waren, und über alle

---

*) Dieser Gebrauch wird uns noch aus historischer Zeit überliefert. Die Lebensbeschreibung des heiligen Arnulf von Metz erzählt, dass auf einer Reise des fränkischen Königs Dagobert I. nach Thüringen der junge Verwandte des Oddilo, eines vornehmen Herrn aus dem Gefolge, tödtlich erkrankte. Der König drängte zur Weiterreise, und da der Sterbende nicht fortzuschaffen war, so beschloss man, ihm nach heidnischer Sitte den Kopf abzuschneiden und den Körper zu verbrennen. Bischof Arnulf beugte solchem Gräuel durch eine wunderbare Heilung vor. (Vita S. Arnulfi Metensis; Acta Sanctorum, Monat Juli, Bd. IV. S. 436. Die Hauptstelle lautet: „nihil aliud consilii aderat, nisi languentis capite amputato more gentilium cadaver ignibus comburendum traderetur.") Dass die beabsichtigte Enthauptung nicht bloss auf Tödtung abzweckte, liegt meines Erachtens auf der Hand. Ich kann die Stelle nicht anders verstehen, als dass man den abgeschnittenen Kopf mitnehmen wollte.

drei, das Schädelgrab und die beiden Kenotaphien, wurde dann der hochragende Hügel aufgeschüttet.*)   (3. September 1872.)

## 27. Der kleine Brönshoog.
### 22—27. August 1872.

Die Untersuchung dieses circa 5½ Meter hohen Hügels, von circa 98 Meter Umfang, welcher eben westlich von dem grossen Brönshoog belegen ist, wurde mir von der Eigenthümerin Frau Wittwe Koldenborg in Kampen bereitwilligst gestattet.

Indem wir von Südosten her in den Hügel eindrangen, wurde am dritten Tage das westliche Ende des Steingrabes entdeckt; und nach Abräumung der aufgehäuften Steine konnte ich durch eine Spalte zwischen den Tragsteinen in das Innere hineinsehen, wo ich die Todtengebeine erblickte. Ich habe hier so deutlich wie nie zuvor beobachtet, dass die Erbauer des Grabes den darüber gehäuften Steinhügel zunächst mit abgestochenen Haidesoden belegt hatten, worauf dann erst der Sand aufgeschüttet war. Da zur Blosslegung der Grabstätte noch ein bedeutendes Stück von dem Hügel abgestochen werden musste, so liess ich die Spalte sorgfältig wieder verschliessen. (24. August 1872.)

Das Steingrab lag ungewöhnlich weit nach Nordost gerückt, nicht gar fern vom Rande des Hügels. Zunächst ward eine mehrfache Schicht von Handsteinen abgeräumt und darauf die drei Decksteine aufgehoben: der östliche lang 135 Cm., breit 75 Cm.; der mittlere lang 135 Cm., breit 80 Cm.; der westliche lang 105 Cm., breit 85 Cm.; alle drei durchschnittlich 20 Cm. dick. Die Lücken, welche die unregelmässigen Formen zwischen dem ersten und zweiten, resp. dem zweiten und dritten Deckstein veranlassten, waren durch zwei mittelgrosse Steine ausgefüllt. Das Grab war in der Richtung von West nach Ost aus sieben Tragsteinen erbaut; nach Westen einer, an der südlichen Langseite drei, an der nördlichen Langseite zwei, so dass

---

*) Eine ähnliche Beobachtung ergab sich in dem sog. Svalehöi bei Pederstrup auf Seeland, den Herr V. Boye im Jahre 1863 untersuchte. Ausser dem ziemlich weit nach Osten gerückten Hauptgrabe, einer kleinen Steinkiste worin eine Urne mit verbrannten Gebeinen und bronzenen Grabgeschenken, wurde am nördlichen Rande des Hügels ein bedeutender Steinhaufen aufgedeckt, bestehend aus grösseren und kleineren Steinen, theils Granit, theils Flint, worunter einzelne gespaltene. „Augenscheinlich war dieser Haufen mit einer gewissen Sorgfalt aufgestapelt; aber trotz der sorgfältigsten Untersuchung wurde nicht das Geringste, weder Alterthümer noch Knochen, gefunden." Vgl. Aarböger for Nordisk Oldkyndighed og Historie, Jahrgang 1866, S. 217—222.

Vielleicht sind auch die Verhältnisse im nördlichen Bröddehoog bei Braderup auf Sylt ähnlicher Art gewesen; vgl. den XXIII. Bericht der Schl.-H.-Lbg. Alterthums-Gesellschaft S. 43.

der östliche Schlussstein, wegen der Längendifferenz, in schiefer Richtung gestellt war. Die Fugen zwischen den Trägern sowohl wie zwischen den Decksteinen waren mit Lehm verklebt, auch die Lücken zwischen den Trägern mit kleinen Steinplatten ausgesetzt. Die sargförmige Steinkiste maass an der nördlichen Langseite 215, an der südlichen 240 Cm.; die Breite am westlichen Ende 88, am östlichen 60 Cm.; die ganze Tiefe bis zum Urboden 80 Cm. Auf den Urboden war zunächst eine Sandaufschüttung gemacht, darüber eine Lage von Steinplatten (Fliesen) und eine zweite Lage von Geröll und Flintsteinbrocken ausgebreitet, alle drei Schichten zusammen circa 30 Cm. dick.

In dem westlichen Ende und in der Mitte der Steinkiste lagen verbrannte menschliche Gebeine in wirren Haufen zerstreut, offenbar wie sie allmählich aus der Asche des Scheiterhaufens aufgesammelt sind. An Grabgeschenken fanden sich zwischen den Knochen in der Mitte die Ueberreste von drei (einer grösseren und zwei kleineren) bronzenen Gewandnadeln mit Spiralen, ähnlich wie die Abbildung F auf Tafel I und Fig. 2 und 5 auf Tafel II, welche vom Rost arg zerstört, zum Theil an Knochenstücke angerostet waren und bei der Aufsammlung noch weiter zerbröckelten. Besser erhalten waren zwei bronzene Schwerter in hölzernen, mit Leder überzogenen Scheiden, welche, die Spitzen nach der Mitte hin, am westlichen Ende der Steinkiste lagen, das längere an der nördlichen, das kürzere an der südlichen

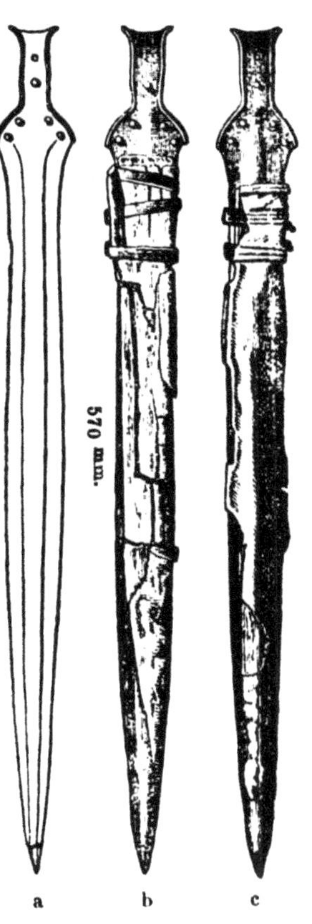


Langseite. Jedes Schwert war für sich in ein bräunliches Stück Wollenzeug von einfachstem Gewebe gewickelt, das grösstentheils vermodert war; namentlich von dem etwas feineren Gewebe, welches das kürzere Schwert umgab, konnten nur sehr kleine Ueberreste conservirt werden. Etwas abwärts (östlich) von den Schwertern ward ein bronzenes viereckiges Ortband gefunden, worin noch die abgebrochenen Holzreste steckten.

Das grössere Schwert*) mit Griffzunge, worin die beiden jetzt

---

*) Nebenstehender Holzschnitt stellt a) die Klinge, b) die hintere (nach dem Leibe zu getragene) Seite und c) die Vorderseite der Scheide dar.

ganz vergangenen Holztheile des Griffs eingelegt und mit zwei Nieten in der Länge, mit vier Nieten am halbmondförmigen Ende befestigt gewesen sind, ist 57 Cm. lang. Die Scheide besteht aus zwei Holzspänen, welche mit behaartem Leder, das Haar nach inwendig, gefüttert sind, und ist auswendig mit stärkerem Leder überzogen, das jedoch auf der Hinterseite nicht ganz zusammenschliesst. Drei Queerriemen oben und einer weiter unten, die zwischen dem Holz und dem äusseren Lederüberzug liegen, halten die Scheide vollends zusammen. Der zweite und dritte Queerriemen, auf der Vorderseite mit je zwei Rillen verziert, sind früher halbmondförmig verbunden gewesen, um ein Oehr für den Schwertgurt zu bilden; aber die Verbindung ist jetzt zerstört. Die ganze Scheide zeigt die grösste Aehnlichkeit mit der Figur Nr. 119 bei Worsaae: „Nordiske Oldsager". Zu dieser Schwertscheide gehört wahrscheinlich das viereckige bronzene Ortband, hoch 7 Millimeter, an der unteren Fläche 1½ Cm. im Quadrat; ähnlich wie Nr. 120 a bei Worsaae.

Das kleinere Schwert, lang 45 Cm., nebst Scheide entspricht in allen Stücken der obigen Beschreibung; doch ist bemerkenswerth, dass diese Scheide nicht auf beiden, sondern nur auf der einen Seite mit behaartem Leder gefüttert ist.

Beide Schwertscheiden aus dem kleinen Brönshoog haben ohne Zweifel, ebenso wie die Dolchscheide aus dem mittleren Krockhoog,*) zum wirklichen alltäglichen Gebrauche gedient und bilden somit einen Gegensatz zu den oben S. 13 besprochenen geschnitzten Prunkscheiden. (27. August 1872.)

## 28. Hündshoog.
### 5.—7. September 1872.

Dieser Hügel, reichlich 4 Meter hoch und 68 Meter im Umkreis, liegt eben westlich von dem vorigen, auf den zum Leuchtthurm gehörigen Dienstländereien. Auch hier fand ich das in der Richtung von Ost nach West erbaute Steingrab, das obenauf 230 Cm. maass, hart am östlichen Rande des Hügels.

Nach Abräumung der obenauf liegenden wenigen Handsteine gewährte das Aeussere des Grabes einen eigenthümlichen Anblick. Eben östlich davor lag ein 95 Cm. langer, 75 Cm. breiter und 30 Cm. dicker Steinblock. Ich liess denselben aufheben, und dabei ergab sich, dass er noch nicht zu dem Steinbau gehörte, sondern wohl als überflüssig bei Seite gelegt war. Am östlichen Ende standen zwei besonders schön abgespaltene Steinplatten von nur 12 Cm. Dicke aufrecht hintereinander;

---

*) Abgebildet als Figur 7 auf Taf. I; vgl. S. 16.

die äussere war 70 Cm. lang und ebenso breit; die innere, lang 110 Cm.
und breit 78 Cm., bildete den eigentlichen Verschluss des Grabes.
Zwei flache Steine dienten als Unterlage für die Steinplatten, so dass
dieselben beträchtlich über das Grab hervorragten. Es folgten vier platte
Decksteine: der erste (östliche) 98 Cm. lang, 48 Cm. breit und 20 Cm.
dick; der zweite 82 Cm. lang, 40 Cm. breit und 30 Cm. dick; der
dritte 78 Cm. lang, 45 Cm. breit und nur 10 Cm. dick, weshalb auf
denselben zwei mittelgrosse Steine, zusammen 96 Cm. lang, neben einander gelegt waren; der vierte 88 Cm. lang, 56 Cm. breit und von sehr
ungleichmässiger Dicke (11 bis 27 Cm.), so dass man auch hier einen
zweiten Stein, lang 81 Cm., breit 64 Cm. und 16 Cm. dick, obenauf
gelegt hatte. Wegen der unregelmässigen Formen der Decksteine
waren zwischen diesen und den Trägern hin und wieder Handsteine
eingeschoben. Die sargförmige Steinkiste war aus sieben Tragsteinen
erbaut, je drei an den beiden Langseiten und einer nach Westen. Am
östlichen Ende stand kein eigentlicher Träger, sondern es lagen hintereinander nur jene zwei flachen Steine, die als Unterlage für die aufrechtstehenden Steinplatten dienten.

Im Inneren maass die Steinkiste 175 Cm. Länge, am westlichen
Ende 53, am östlichen Ende 46 Cm. Breite, 60 Cm. Tiefe und war mit
einer Lage von Geröllsteinen gepflastert, worunter noch eine Sandschicht. Dieselbe war bis zum Rande mit Sand gefüllt, zwischen dem
ausser Steinen auch mehrere Klumpen von mit Granitgrus vermischtem
Lehm und eine sogenannte Hexenschüssel (natürliches Gebilde von
Limonit) vorgefunden wurden. Ueberdies ergab sich die Beobachtung,
dass hier wahrscheinlich Feldmäuse zeitweilig gehauset haben. Denn nicht
nur dass der Sand mit Pflanzenresten und Wurzelfasern vermischt war,
sondern es lag auch besonders am östlichen Ende eine grosse Menge
von Fruchthüllen und Samenkörnern des sog. gemeinen Kök, Raphanus
raphanistrum, der als lästiges Unkraut zwischen dem Getraide auf Sand-
boden vorzukommen pflegt. (Nach den gefälligen Erläuterungen des
Herrn Prof. Dr. Nolte, Directors des botanischen Gartens in Kiel.)

Abgesehen von dieser Störung der Verhältnisse, schienen un-
verkennbare graue Streifen im gelben Sande zu bezeugen, dass in der
Steinkiste ein Leichnam begraben und vollständig verweset war; nicht
die geringsten Knochenreste waren übrig geblieben. Rechts und links
davon, etwa in der Mitte, wurden zwei kleine stark verwitterte Doppel-
knöpfe von Bronze gefunden. Im nordöstlichen Winkel, also zu Füssen
der Leiche, stand ein braunes topfförmiges Thongefäss mit zwei Henkeln, von circa 25 Cm. Höhe und 75 Cm. Umfang, das ganz in Stücke
zerbrochen war, aber vorerst noch durch den von Innen und Aussen
anklebenden Sand zusammengehalten wurde. Zwischen dem Sande
innerhalb der Urne fand ich drei Steine, und da die Bruchflächen alt
sind, so steht zu vermuthen, dass der Topf gleich bei Zuschüttung des

Grabes durch hineingefallene oder absichtlich hineingeworfene Steine zertrümmert wurde. Daneben lag ein bronzenes Messer mit durchbrochenem Stiel und sichelförmig gekrümmter Klinge, deren äusserste Spitze abgebrochen ist. Dasselbe gleicht einigermaassen der Abbildung Nr. 163 bei Worsaae: „Nordiske Oldsager"; doch ist die Klinge viel stärker gekrümmt, und der Griff hat, anstatt der vier kleinen, nur eine einzige grosse Oeffnung in der Mitte. Die ganze Länge beträgt 12 Cm.; der Griff allein misst 5½ Cm. Die vollständige Schneide ist 6 bis 7, der Rücken der sichelförmigen Klinge 8 bis 9 Cm. lang gewesen.

## 29. Nessenhoog.
### 9. September 1872.

Dieser Hügel, circa 3 Meter hoch und 52 Meter im Umkreis, liegt nördlich von den Brönshoogern auf den zum Leuchtthurm gehörigen Dienstländereien.

Die Verhältnisse stimmten hier vollkommen mit denen der Stapelhooger (Protokoll Nr. 22 und 23) überein. Der Hügel verbarg nämlich nur einen ohne irgend welchen Hohlraum aufgeschichteten Steinhaufen von circa 1,7 Meter Höhe, dessen höchster Punkt etwas südwestlich von der eigentlichen Hügelspitze belegen war. Oben auf war offenbar absichtlich eine Schicht flacher Steine gelegt, und nach unten hin lagen immer mehr grössere Steine. In der Erde zwischen den grösseren Steinen kamen hin und wieder Holzkohlen vor.

Für die Altersbestimmung ist von grosser Wichtigkeit, dass hier im Nessenhoog nicht weit unter der Oberfläche des Steinhaufens der allerdings sehr geringfügige Ueberrest einer bronzenen Gewandnadel gefunden wurde, aus dem man jedoch deutlich erkennen kann, dass die Form mit den Gewandnadeln aus dem mittleren Krockhoog (Protokoll Nr. 15*) übereinstimmte. Nach der alten Bruchfläche der verzierten Platte zu schliessen, war die Gewandnadel schon zerbrochen, als sie niedergelegt wurde. Danach scheinen die Steinhügel ohne Hohlraum gleichfalls bis in die ältere Bronzezeit zurückzureichen.**)

---

*) Vgl. Taf. I. Fig. 3 und 4; Worsaae: „Nordiske Oldsager" Nr. 229.
**) Auf eben diese Periode scheinen die Fundstücke (bronzener Dolch, desgl. Haarnadel und Fingerring) hinzuweisen, welche Herr Dr. Wibel in dem „Malhügel" auf dem Pumpenkamp bei Blankenese erhoben hat. Ob der grösste Stapelhoog, in dem vor

## 30. Der kleinere Jüdälhoog.

10.—11. September 1872.

D e beiden Jüdälhooger liegen südöstlich von den Brönshoogern, an der Ostseite des zum Leuchtthurm führenden Fahrweges; und zwar ist der kleinere (südliche) auf den zum Leuchtthurm gehörigen Dienstländereien belegen. Die äusseren Formen sind sehr verändert, indem beim Bau des Leuchtthurmes ein Theil der überflüssigen Erde von dem Baugrunde auf diesen Hügel aufgehäuft, andererseits beim Bau des Schulhauses der Norddörfer ein Stück von der Südseite abgestochen und die Erde verbraucht wurde. Doch lässt sich die ursprüngliche Höhe des Hügels auf 3 Meter, der ursprüngliche Umkreis auf 48 Meter annähernd berechnen.

Die sargförmige Steinkiste war im südöstlichen Theil des Hügels belegen und von Nordost nach Südwest gerichtet. Oben auf lagen zwei Decksteine; der westliche maass 165 Cm. Länge, 145 Cm. Breite, 30 Cm. Dicke; der östliche 70 Cm. Länge, 92 Cm. Breite, 20 Cm. Dicke. Tragsteine waren sieben: an den Schmalseiten nach Ost und West je einer, an den Langseiten nach Norden drei, nach Süden zwei. Ausserdem hatte man verschiedene kleinere Steine eingeschoben, um die Lücken zwischen den sehr unregelmässigen Deck- und Tragsteinen auszufüllen. Inwendig maass die Steinkiste 195 Cm. Länge, 50 Cm. Tiefe, am westlichen Ende 72 und am östlichen Ende 53 Cm. Breite. Dieselbe war bis zum Rande mit Sand gefüllt und unten in der gewöhnlichen Weise mit Steinplatten und kleinem Geröll gepflastert.

Obwohl der Sand auf das sorgfältigste untersucht wurde, liessen sich keine sicheren Spuren der Verwesung mehr erkennen. Dagegen wurde an der Norderwand, etwa in der Höhe, wo der Kopf des Todten gelegen haben dürfte, eine stark verwitterte bronzene Dolchklinge gefunden, die mit der Spitze abwärts gerichtet war. Die Klinge ist kaum 12 Cm. lang, und am oberen Ende derselben sitzen noch die beiden Doppelnieten, welche zur Befestigung des ganz vergangenen wahrscheinlich hölzernen Handgriffs gedient haben.

---

Zeiten das bronzene Schwert gefunden wurde, in dieselbe Kategorie gehört, bleibt mindestens zweifelhaft.

Auch in dem Tipkenhoog bei Keitum (Protokoll Nr. 2) kamen zwei Steinhaufen ohne Hohlraum vor, und in dem grossen Brönshoog (Protokoll Nr. 26) zwei desgl. ausser dem Hauptgrabe. Aehnliche „Steinkegel" sind in englischen und dänischen Hügeln beobachtet, welche Herr V. Boye gleichfalls als „Kenotaphien" oder als „primitive Altäre" aus der Bronzezeit deutet. Vgl. Aarböger for Nordisk Oldkyndighed og Historie Jahrgang 1866, S. 222—224 und den Aufsatz „Malhügel am hohen Ufer der Elbe und des Wattenmeeres" in der Zeitschrift der Gesellschaft für die Geschichte von Schleswig-Holstein und Lauenburg Bd. III. S. 41—44.

# Anhang.

----

## Zwei Ausgrabungen
des
### Geh. Conferenz-Raths v. Holstein,
Amtmanns von Tondern,
### auf der Insel Sylt,
um das Jahr 1756. *)

31. „Ich' (Pastor Ipsen) wohnte der Durchgrabung mit bei. Insgemein findet man in diesen Hügeln Keller oder Gewölbe, in welchen die Urnen oder sonst etwas aufbehalten wird. Man konnte also mit Grunde glauben, dass man in einem so grossen Hügel etwas Ungewöhnliches oder zum wenigsten einen schönen Keller antreffen würde. Allein umsonst waren unsere Hoffnungen. Auf der Spitze des Hügels gar nicht tief wurde bald eine grosse Urne gefunden, welche mit Asche und verbrannten Stücken Knochen angefüllet war; sie wurde aber aus Unvorsichtigkeit der Grabenden in viele Stücke zerbrochen. Die Erfahrung hat uns angegeben, dass die Keller so tief liegen, als eben die Fläche des gleichen Grundes ist. Man hielt also mit Graben an, bis man urtheilte, dieser Erdfläche gleich gekommen zu sein; allein die wahrscheinlichste Hoffnung schlug fehl. Wir fanden nichts. Ob nun weiter nichts als beregte Urne darin befindlich gewesen oder noch gegenwärtig etwas darin stecke, kann ich nicht ausmachen. Es war unmöglich, den Berg ganz durchzuwühlen. Ich kann also nichts entscheiden; mir scheint unterdessen das letztere am glaublichsten zu sein.“

~~~~~~~~~~~~~~~

32. „Wir wurden nicht müde. Ein etwas kleinerer Hügel, welcher nicht weit von diesem war, wurde der Untersuchung würdig gehalten. Man hatte nicht gar lange gegraben, so äusserten sich Kieselsteine.

----

*) „Nordische Beiträge zum Wachsthum der Naturkunde und der Wissenschaften und Künste überhaupt“ (herausgegeben von Camerer, Altona 1757) Bd. I, 2. S. 130—132. Ich muss ausdrücklich bemerken, dass über die Lage der beiden Hügel durchaus Nichts angegeben ist.    H.
~~~~~~~~~~~~~~~

Dies verdoppelte den Muth der Gräber. Man räumte eine gewaltige Menge dieser Steine weg. Die kleineren Steine lagen oben, die grösseren wurden immer tiefer gefunden. Endlich kam man zu zwei grossen Steinen, welche das Grab bedeckten. Das Grab war etwa 8 Fuss lang und 2½ Fuss tief und breit. Platz und nöthige Instrumente fehlten, diese grossen Steine an die Seite zu bringen. Endlich brach man unten an der Seite einen Stein aus, um den Keller oder das Grab zu eröffnen. Man fand aber keine Urne in demselben! Wir fanden einen ziemlichen Haufen Asche. Diese Asche lag bloss auf dem mit Steinen gepflasterten Boden. Ueber oder durch dieselbe lag ein kleines Schwert,*) wie auch zwei Steine, welche etwas entfernt davon lagen. Die Asche war so zart und weiss wie die schönste Torfasche. Von Knochen war nicht ein einziges Stück darunter. Es gereuet mich, dass ich nicht etwas von dieser schönen Asche als eine Seltenheit mitgenommen habe. Die zwei Steine besitze ich noch. Einer ist länglich viereckig, etwa so gross als ein Stück spanischer Barbierseife, und siehet von Farbe etwas röthlich und fleckig aus. Der andere ist ein natürlich gewachsener Flintenstein und stellet ungefähr einen Kopf oder Brustbild vor."

---

*) Es ist offenbar ein Bronzeschwert zu verstehen, und das Grab mit der frei liegenden Aschenspur einer unverbrannten Leiche zeigt die vollständigste Uebereinstimmung mit den sargförmigen Steinkisten, welche unter Nr. 13, 15 und 19 meines Protokolls beschrieben sind.       H.

Druck von Fiencke & Schachel in Kiel.